炎を消さないで

ダイアナ・パーマー　作

皆川孝子　訳

ハーレクイン・ディザイア

東京・ロンドン・トロント・パリ・ニューヨーク・アテネ・アムステルダム
ハンブルク・ストックホルム・ミラノ・シドニー・マドリッド・ワルシャワ
ブダペスト・リオデジャネイロ・ルクセンブルク・フリブール・ムンバイ

SEPTEMBER MORNING

by Diana Palmer

Published by Harlequin K.K., Tokyo, 2014

ダイアナ・パーマー

シリーズロマンスの世界で今もっとも売れている作家の１人。総発行部数は 4200 万部を超え、各紙のベストセラーリストにもたびたび登場している。かつて新聞記者として締め切りに追われる多忙な毎日を経験したことから、今も精力的に執筆を続ける。大の親日家として知られており、日本の言葉と文化を学んでいる。ジョージア州在住。

主要登場人物

キャスリン・メアリー・キルパトリック……ハミルトン家の養女。愛称ケイト。
モード・ハミルトン……キャスリンの養母。
ブレイク・ハミルトン……モードの長男。繊維衣料メーカー経営。
フィリップ・ハミルトン……モードの次男。愛称フィル。
イヴ・バリントン……ハミルトン家の隣人。
ナン・バリントン……イヴの娘。キャスリンの友人。
ローレンス・ドナヴァン……キャスリンの友人。作家。愛称ラリー。
ディック・リーズ……労働組合の委員長。
ヴィヴィアン・リーズ……ディックの娘。女優。

1

朝露に濡《ぬ》れた草原にひんやりした九月の風が吹きわたり、牧場《まきば》が一夜の眠りから目覚めた。生の喜びに突き動かされたキャスリン・メアリー・キルパトリックは、長い黒髪をさっと払って陽気な笑い声をあげた。その声に驚いて、彼女を乗せた栗毛《くりげ》の馬が湿った大地を跳ねまわった。

「どうどう」キャスリンは馬をなだめ、手袋をはめた手でたてがみをやさしくなでた。

なじみのある手の感触に、愛馬のサンダンスは落ち着きを取りもどした。この馬とは、十六歳の誕生日にブレイクから贈られて以来のつき合いだ。もう五歳でれっきとした古馬だが、若駒のように気分にむらがある。ちょっとしたことで驚き、興奮しやすい性格は飼い主に似たのだろうか。

ピンクと琥珀色《こはくいろ》の渦を描く暁の空とどこまでも続く地平線を見つめて、キャスリンの緑色の目は喜びに輝いた。ふるさとへ帰るとほっとする。良家の令嬢向けのフィニッシングスクールでは洗練されたマナーやモデルのような身のこなしを教え込まれたが、それでもグレイオークスに対する熱い思いや人生への強い意気込みが薄れることはなかった。ここサウスカロライナ州にあるハミルトン家の農園グレイオークスは、彼女の生家ではなく、養子として引きとられてからのすみかにすぎない。だがキャスリンは、穏やかに起伏する緑豊かな丘や松林のすべてを愛していた。まるで体のなかにハミルトン家の血が流れているかのように。

人工的な色彩がちらりと目に入り、キャスリンはサンダンスの頭をそちらへ向けた。つややかな黒革のような毛並みのサラブレッドにまたがって、フィリップ・ハミルトンが草原を駆けてくる。キャスリンは思わず頬をゆるめた。高価な種馬をこんなふうに乗りまわしているところを兄のブレイクに見つかったら、フィリップはただではすまないだろう。幸いブレイクは現在ヨーロッパに出張中だ。母親のモードは下の息子に甘いが、ブレイクは誰のことも容赦しない。

「やあ！」フィリップが息を切らしながら声をかけてきた。キャスリンの正面で馬を止め、癖のある茶色い髪をかきあげて呼吸を整える。

いたずらっぽい目つきで乗馬服姿のキャスリンに視線を走らせたが、彼女が頭に何もかぶっていないことに気づくとその目が真剣になった。

「ヘルメットはどうした？」とがめるように言う。

キャスリンはふっくらした唇をとがらせた。「そんなにがみがみ言わないで。遠乗りするわけじゃないし、ヘルメットは嫌いなのよ」

「落馬したら一巻の終わりだぞ」

「口うるさいところがブレイクにそっくり！」

不満顔の彼女にフィリップが笑いかけた。「きみが帰ってきたのに家にいないなんて、兄貴もかわいそうに。でも土曜には戻るから、バリントン家のパーティーには間に合うな」

「ブレイクはパーティーが嫌いよ」キャスリンはうつむいて革の鞍《くら》に視線を落とした。「それに、わたしのことも嫌ってるわ。よほど機嫌のいいときはべつにして」

「嫌ってなんかいないよ。きみが怒らせるようなことをするからさ。昔は兄貴を神みたいにあがめていたのに」

キャスリンは眉間にしわを寄せて地平線に目をやった。遠くで数頭の馬がつやつやした黒い毛を朝日に輝かせながら草を食《は》んでいる。「そうだった？」

小さく笑う。「母が死んだときに親切にしてくれたのは覚えているけれど」

「兄貴はきみのことが気がかりなんだ。うちの家族はみんなそうさ」フィリップがやさしく言った。

うれしくなったキャスリンは、思わず彼の袖に手を触れた。「わたしって恩知らずよね。あなたもお母さんも、とてもよくしてくれた。おうちに引きとって、学校にも行かせてくれて……それなのにありがたいと思わないなんてどうかしているわ」

「ブレイクにも少しは世話になっただろう？」

キャスリンはしぶしぶ同意した。「まあね」

「フィニッシングスクールに行かせたのは兄貴の考えだ」

「あれは最悪だったわ！　本当は大学で政治学を専攻したかったのに」

「兄貴はバイヤーをもてなすのが好きなんだ。政治学の学位を取得しても、もてなし上手にはなれないだろう」

キャスリンは肩をすくめた。「親戚だからって、わたしはずっとここで暮らすわけじゃない。いつかは結婚して出ていくわ。ハミルトン家に恩があるのはわかっているけれど、ブレイクのために死ぬまでホステス役を務めるのはお断りよ。彼も結婚して、奥さんにその役をやらせればいいのよ。そんな勇敢な女性が見つかればの話だけど」皮肉っぽく言い添える。

「わかってないねえ、きみは」フィリップが含み笑いをもらす。「砂糖に群がる蟻《あり》みたいに、女性たちはブレイクのまわりに寄ってくるんだ。兄貴はいつだってより取り見取りなのさ」

「お金の魅力って絶大なのね」キャスリンは硬い口調を崩さなかった。「女性たちを引きつける要因が陽気な性格でないのは明らかだもの」

「ジャック・ハリスとの週末デートを邪魔されたこ

とをまだ根に持っているんだな」フィリップがからかった。

キャスリンは額の生え際まで赤くなった。「ふたりだけでコテージに泊まるつもりだったなんて知らなかったのよ。彼のご両親もいっしょだと思っていたの」

「でも確認しようとはしなかった。その点、ブレイクは抜かりがない」彼女の表情を見てフィリップが笑い声をあげた。「ジャックがきみを迎えに来たときの兄貴の顔は一生忘れられないよ。すごすごと引き返すジャックの顔も見ものだったが」

「わたしは忘れてしまいたいわ」不快な思い出に、キャスリンは小さく身を震わせた。

「そのうち忘れるさ。あれ以来きみはブレイクを目の敵にしているが、そんなことをしても無駄だよ。兄貴をへこませるなんて、誰にもできやしない」

「ブレイクは無敵だもの。こっちがわめき散らすのを平然と眺めて、飽きたら冷ややかに歩み去るのよ。わたしがいないほうが彼は喜ぶわ」

「まさか、ここを出ていくつもりじゃないだろうね」あわてた調子でフィリップが問いかける。

キャスリンはおちゃめに返した。「フランス軍の外人部隊に入ろうかと思っていたのよ。週末までに入隊許可はおりるかしら」

フィリップが声をあげて笑った。「ブレイクと顔を合わせずにすむように？　本当は会いたいんだろう」

「わたしが？」キャスリンはなんのことかわからないという表情を装った。

「半年は長い。兄貴だってもう怒っていないさ」

「ブレイクはそう簡単には忘れないわ」悲しげなため息をつくと、キャスリンはフィリップから視線をはずし、はるか彼方《かなた》にそびえる石造りの屋敷を見つめた。白い布のようなスパニッシュモスを枝からぶらさげたオークの巨木が、衛兵のように建物を取り囲んでいる。

「くよくよ考えすぎると神経症になるよ」励ますようにフィリップが言う。「さあ、家まで競走だ。帰ったら朝食にしよう」

キャスリンは弱々しいため息をついた。「ええ、いいわ」

優雅なダイニングルームにそろって現れたフィリップとキャスリンを見て、モードが目を輝かせた。彼女の浅黒い肌やくっきりした黒い瞳、そして歯に衣《きぬ》着せずにものを言う点や短気なところは長男と同じだ。次男のフィリップとはまるで似ていない。フィリップの穏やかな気質や色白の肌はすべて、今は亡き父親から受け継いだものだ。母のモードは猪《ちょ》突猛進《とつもうしん》型の性格で、審議中の法案に疑問があれば夜中の二時に下院議員に電話をかけて説明を求めることもためらわない。

「あなたが戻ってきてくれてうれしいわ」モードがほっそりした優美な手でキャスリンの腕に触れた。「このところ周囲が男ばかりで空気が殺伐としていたから」

「そうそう」陶器の皿からスクランブルエッグを取り分けながらフィリップが言った。「先週のカクテルパーティーでは、マット・デイヴィスとジャック・ネルソンが母さんをめぐってもう少しで殴り合うところだった」

モードが息子をにらんだ。「そんなのうそよ」

「あら、詳しい話を聞きたいわ」キャスリンはいたずらっぽく笑って、ブラックコーヒーを口に運んだ。

モードがきまり悪そうに身じろぎした。「それより、ブレイクに早く戻ってきてほしいわ。こんなときにロンドン工場でトラブルが発生するなんて、間が悪いったらない。金曜の晩にすてきな計画を立てていたのよ。あなたの帰郷祝いをね。あの子さえいたら完璧な……」

「ブレイクがいなくたって完璧なお祝いになるわよ」キャスリンは思わず言い返していた。

　モードが細い眉を吊《つ》りあげた。「まだ根に持っているの？」

　キャスリンはコーヒーカップをきつく握りしめた。

「わたしにあんな言い方をしなくたっていいのに」

「ブレイクは何もむちゃなことは言っていないわ。キャスリン・メアリー、あなたもわかっているはずよ」モードが穏やかな声で言い、身を乗りだしてテーブルに肘をついた。「ねえ、キャスリン。あなたはまだ二十歳よ。ブレイクは三十四歳で、あなたよりずっと世の中のことをよく知っている。わたしたちはみんなで力を合わせてあなたを守ってきたけれど、ときどき思うのよ。過保護すぎたかしらって」

「ブレイクに訊《き》いたらどう？」キャスリンはきつい調子で返した。「長年わたしを監視していたのは彼なんだから」

「保護本能のなせるわざだよ」フィリップがおかしそうに小鼻をふくらませた。「雛《ひな》から目が離せない母鳥の気分なのさ」

「わたしなら、そういうことは本人に聞かれないように言うけれど」モードがさりげなく注意した。

「兄貴なんか怖くないさ。力でかなわないからって……いや、やっぱり母さんの言うとおりだな」

　モードが声をあげて笑った。「いい子ね。ブレイクもあなたみたいにものごとをさらりと受け流すことができればいいんだけど。いつも熱くなりすぎるのよ」

「ずいぶん控えめな言い方ね。もっとふさわしい言葉がいくらでもあるのに」キャスリンは不満げにつぶやいた。

「ブレイクがいないと、キャスリンはびっくりするほど大胆な物言いをするね」フィリップが母親に同意を求めた。

「ええ、たしかにびっくりするわ」モードがうなずいてキャスリンに笑いかけた。「元気を出しなさいな。土曜の夜にイヴ・バリントンがあなたの帰郷を祝って開くパーティーの話をしましょう。ブレイクが留守でなければわたしが主催するはずだったんだけれど……」

パーティーは実際、完璧かつ大規模なものとなった。大量の秋色のドライフラワーが会場を飾り、ビュッフェのテーブルにはデイジーと菊とかすみ草を品よく盛った花かごが置かれた。近所の人間だけのこぢんまりとした集まりのはずが、ふたをあけてみれば五十人を超す大がかりな催しとなっていた。キャスリンとは世代の異なる参加者も多く、政治家も数人まじっている。モードはサウスカロライナ州の自然豊かな川とその周辺の開発を禁止する法案の成立をめざして熱心に活動しているのだが、おそらく彼女がイヴに頼み込んで関連の政治家たちを招待させたのだろう。

イヴの娘のナン・バリントンはキャスリンの幼なじみだ。バンドの演奏する曲が激しいロックに変わると、彼女はキャスリンを部屋の隅に引っ張っていった。

「ママはハードロックが大嫌いなのに。なぜこんなバンドを雇ったのかしら」

「きっと名前のせいよ。このバンドの名はグレン・ミラー楽団。つづりが少し違うけれど、あなたのお母さんは大昔のグレン・ミラーみたいな無害な曲を演奏してもらえると思ったんでしょう」

「いかにもうちのママらしいわ」ナンが陽気に笑った。泡のはじけるラムパンチのグラスの縁に指を走らせながら、ブロンドをきらめかせて室内を見わたす。「出張から戻ったらブレイクも顔を見せてくれると思っていたんだけど。もう十時過ぎよ」

キャスリンは友人にほほえみかけた。ナンは昔からブレイクに夢中だ。ブレイクは気づかないふりをして、ふたりを子ども扱いしている。

「ブレイクはパーティー嫌いだから」

「同伴する相手なら掃いて捨てるほどいるのにね」ナンがため息まじりにつぶやいた。

キャスリンは顔をしかめて友人を見た。グラスを両手で包み、なぜ今の言葉が気にさわるのか考えてみた。ブレイクが女性たちとデートしているのは知っているが、最近のキャスリンはフランスやギリシアやオーストラリアに住む親類を訪ねたり、ナンやほかの友人とクルーズを楽しんだり、学校の行事やパーティーに参加したりで、グレイオークスを留守にすることが多かった。ことにジャック・ハリスの一件でブレイクと衝突してからは、その傾向がいっそう強まった。あのときの彼の剣幕《けんまく》を思い返すと、今でもつらくなる。容赦ない非難の言葉を浴びせられて、ジャックは青くなったり赤くなったりした。怒りの矛先が彼女に向けられたとき、キャスリンは逃げださないようにするのが精いっぱいだった。ブレイクのことが無性に怖かった。彼は暴力をふるうような人間ではない。けれどブレイクに対するいわく言いがたい恐怖は絶えず胸につきまとって離れず、大人になるにつれてさらにふくれあがった。

「なぜ顔をしかめているの？」ナンがふいに尋ねた。

「しかめていた？」キャスリンは明るく笑い飛ばしてパンチを口に運んだ。友人が着ている細い肩紐《かたひも》のついた水色のドレスに目をやる。「すてきなドレスね」

「あなたのとは比べものにならないわ」ナンがため息をついて、キャスリンがまとっているギリシア風の白いドレスに見とれた。体を動かすたびに薄いシフォンの布地がふわりと揺れる。「まさに夢のドレ彼女の視線を追って、ナンが小さな顔を輝かせた。

「ブレイクよ！」興奮して大声をあげる。「キャスリン、挨拶しに行かないの？」

キャスリンはごくりと唾をのんだ。「そうね、ええ、もちろん」気がつくとすでにモードは息子のほうへ歩みだし、フィリップは部屋の反対側からのんきな顔で兄に手を振っている。

「あまりうれしそうじゃないのね」友人の頬が紅潮し、グラスを持つ手が小さく震えているのをナンは見逃さなかった。

「ブレイクはきっと癇癪《かんしやく》を起こすわ。わたしが髪にリボンをつけていなくて、縫いぐるみもかかえていないから」キャスリンは少しもおかしくなさそうに笑った。

「もう小さな子どもじゃないんだから当然よ」ブレイクに熱をあげていながらも、ナンは友人を慰めた。

「ブレイクにそう言ってやってよ。ほら、ごらんのスね」

「アトランタにいる友人が新進気鋭のデザイナーなの。これは第一回コレクションの作品よ」

「あなたが着るとどんな服でもすてきに見えるわ。背が高くてすらりとしているから」

「ブレイクに言わせれば単なる痩せっぽちよ」陽気に笑ったキャスリンは、部屋の奥から険しい表情で見つめている黒い瞳に気づいて凍りついた。

記憶にあるとおりに長身で体格がよく、筋肉質なのに優雅で、息をのむほど男らしい。頭にクリスタルのシャンデリアの光が降り注ぎ、黒い髪がつやつやと輝いている。よく日に焼けた顔に宿る尊大な表情は、一代で巨大企業を築きあげた祖父ゆずりだ。

瞳は遠くからでもわかるほど冷ややかで、のみで彫ったような形のよい口は薄情そうだ。彼の目が肌の露出の多い白いドレスを不機嫌そうになぞるのを見て、キャスリンは思わず身震いした。

とおり」彼が偉そうにキャスリンを手招きしている。

「出頭を命じられたわ」

「まるでギロチン台に引きたてられていくマリー・アントワネットね」

「本当にうなじがちりちりしてきたわ」キャスリンはささやくと、弱々しい笑みを浮かべて歩きだした。

パーティー客のあいだをすり抜けるようにして進みながら、キャスリンの心臓は壁を揺るがすロックのリズムに負けないほど激しく打っていた。前回の衝突から半年たっても、後味の悪さは消えていない。厳しい表情を見るかぎり、ブレイクのほうも忘れてはいないようだ。

彼は深々と煙草《たばこ》を吸いながら、見くだすような目を向けてきた。黒の夜会服姿のブレイクは危険なほど魅力的だ。白いシルクのシャツが浅黒い肌と端整な顔立ちを引き立て、東洋風のコロンがむせ返るような男らしさを強調している。

「こんばんは、ブレイク」キャスリンは緊張した声で挨拶した。幸い、モードはすでに政治家たちのところへ移動していたので、過剰な演技は不要だ。

ブレイクの視線がすらりとしたキャスリンの全身をなぞり、小ぶりだが形のいい胸のふくらみが垣間見えるドレスの深い襟ぐりにとどまった。

「そんなに見せつけたいのか、ケイト?」ブレイクが荒々しい声で詰問した。「ハリスの一件で懲りたと思っていたが」

「ケイトと呼ぶのはやめて」キャスリンは負けずに言い返した。「それに、ほかの人たちのドレスに比べたらおとなしいほうよ」

「あいかわらずだな」ブレイクはやれやれと言いたげにため息をついた。「フィニッシングスクールで学べば少しは大人になると期待していたんだが」

キャスリンの緑色の目が燃えるように光った。

「わたしは二十歳よ、ブレイク!」

黒い眉が片方だけ吊りあがった。「だからどうした?」

口出しはやめてと答えようとしたが、ふいに怒りの感情が消えた。「もう、ブレイクったら、なぜわたしのパーティーに水を差すようなことを言うの? せっかく楽しんでいるのに……」

「楽しんでいるのはいったい誰かな?」政治家たちに目をとめてブレイクが問いかけた。「きみか、それとも母さんか?」

「お母さんはエディスト川の自然を守ろうとがんばっているのよ。河岸の開発を阻止するために」

「ああ、水蛇や砂バエはどんな犠牲を払っても守る価値があるからね」揶揄《やゆ》するような口調にもかかわらず、彼がモードに負けないほど熱心に環境保護活動に取り組んでいることをキャスリンは知っていた。

「いつだったか、あなたもテレビに出て国有林保護法案への支持を表明していなかった?」

「そのとおりだ」めったに見られないかすかな笑みを浮かべて、ブレイクが認めた。ところがバンドに目をやるなり、その笑みは消えた。「あいつら、ずっと同じ曲ばかり演奏するつもりか?」

「さあ、どうかしら。音楽は好きなのかと思っていたけれど」キャスリンはからかうように言った。

「好きだ。でもあれは音楽じゃない」

「わたしの世代にとっては立派な音楽よ」瞳に挑戦的な光をたたえてキャスリンは言い返した。「はやりの音楽が嫌いなら、なぜわざわざパーティーに顔を出したの?」

ブレイクが指先で彼女の頬をちょんとついた。

「生意気言うんじゃない。本当のことを教えよう。ここへ来たのは、半年ぶりにきみに会えるからだ」

「どうして会いたいの? 帰りの車のなかで誰にも邪魔されずにこっぴどく叱れるから?」

彼が太い眉をひそめた。「パンチを何杯飲んだ」

「ほんのちょっぴりよ」キャスリンは不敵な笑みを浮かべてグラスを空けた。

「怖いものなしの気分か？」ブレイクが静かな声で尋ねる。

「というより自衛本能のようなものね」ピンクの唇に空のグラスを押しあてたまま、彼の顔を見あげた。

「あなたにきつく叱られても傷つかないように、神経を麻痺《まひ》させていたのよ」

ブレイクが煙草を大きく吸った。「半年前の話じゃないか。もう忘れていた」

「うそばっかり」一見無表情な顔の裏にひそむ冷たい怒りを読みとって、キャスリンはため息をついた。

「ジャックがどういうつもりか、わたしは本当に知らなかったのよ。見抜くべきだったのかもしれないけれど、こっちはそこまで世慣れていないから」

ブレイクが重いため息をついた。「ああ、そのとおりだ。以前はそれがきみの長所だと思っていた。

だが、年を経るごとに疑問がわいてきた」

「お母さんにも同じことを言われたわ」

「たぶん母さんの言うとおりだ」ブレイクが不快そうに目を細めて、肌を露出するドレスに身を包んだ彼女の姿をしげしげと見た。「そのドレスはきみにはまだ早い」

「つまり、大人になったら着てもかまわないということ？」キャスリンは甘い声で問いかけた。

ブレイクの片方の眉が吊りあがった。「ぼくの許可を求めるとは驚きだね」

「だって仕方がないでしょう。わたしが大人っぽいことをしようとすると、いつだってうるさく口出ししてくるんだから」

「大人になるにはいろんなやり方がある。問題はその方法だ」彼は吸い終えた煙草を灰皿で押しつぶした。「ふしだらな行動を許すわけにはいかない」

「自分はしているくせに！」

ブレイクがさっと顔をあげた。目がらんらんと光っている。「ぼくの私生活はきみには関係ない。よけいな口を出すんじゃない！」鋭利な氷を思わせる口調だった。

たじたじとなったキャサリンは、震える声で言いわけをした。「ちょっと……冗談を言っただけじゃないの、ブレイク」

「笑えない冗談だ」

「わたしが何を言っても絶対に笑わないくせに」

「反抗期の子どもみたいなまねはやめろ」

キャスリンは唇を噛《か》んで、込みあげる涙をこらえた。「失礼します。おうちへ帰ってお人形遊びでもするわ。温かい歓迎のお言葉、ありがとうございました」蚊の鳴くような声でささやいて彼のそばを離れた。生まれて初めて、ハミルトン家に引きとられなければよかったと思った。

2

キャスリンはパーティーが終わるまでブレイクを避け、ナンとフィリップに影のように張りついて心の傷をいやしていた。しかしブレイクのほうは気にもとめていないらしい。モードと若手の下院議員を相手に何やら熱心に話し込んでいる。

「なんの話をしているんだろう」バンドが珍しくスローな曲を演奏しはじめると、フィリップはキャスリンをダンスに誘い、踊りながら室内をくるくる移動した。

「水蛇を守る計画よ」暗い目をしたキャスリンは、口をとがらせてつぶやいた。

「今度は何をされた？」

「えっ？」かっと紅潮した顔をあげると、面白がるようなフィリップの瞳が見おろしていた。

「ブレイクさ。顔を合わせて十分もたたないうちに、きみたちはもうおたがいに避け合っているじゃないか。まさに歴史はくり返すだね」

「彼はわたしのことが嫌いなのよ。前にも言ったけれど」

「何をされた？」フィリップが重ねて尋ねた。

彼のシャツの第一ボタンを見つめてキャスリンは打ち明けた。「言われたわ……ふしだらな行動は許さないって」

「よくぞ言った」

「それはまだいいのよ。そのあとわたしが、自分はしているくせにとからかったら、私生活に口を出すなって、ものすごい剣幕《けんまく》で怒りだしたの」ブレイクの激しい怒りを思い起こすと今も体がこわばった。

「べつに深い意味はなかったのに」

「きみはデラのことを知らなかったのか？」

キャスリンはぽかんとして尋ねた。「デラって誰？」

「デラ・ネス。兄貴が最近別れたばかりの相手さ」

痛みのようなものがキャスリンの体を貫いた。ブレイクの女性関係の噂《うわさ》を耳にすると、なぜかいつも気持ちがざわざわする。「婚約していたの？」

「いや、そんな深刻な関係じゃない」

キャスリンは赤くなった。「あら、そう」

「だがそれ以来、電話で泣きついたり手紙をよこしたりしてうるさくつきまとってきたんだ。それで兄貴は神経をぴりぴりさせているのさ」フィリップが音楽に合わせてキャスリンの体を一回転させ、器用に受けとめて話を続けた。「精神衛生上いいわけがない。ヨーロッパへの出張は何よりだった。おかげで一週間以上、電話はかかってきていない」

「ブレイクはその人を恋しく思っているんじゃない

かしら」

「兄貴が女性を恋しがるって？　まさか、それはない。ブレイクはひとりで生きていける男だ。女性に惚《ほ》れたりはしないよ」

彼の夜会服の襟をもてあそびながら、キャスリンは不満そうにつぶやいた。「だからって、何もわたしに八つ当たりすることはないのに。今夜はわたしの歓迎パーティーなのよ」

「機嫌が悪いのは時差ぼけのせいさ」スローな曲が終わって騒々しいハードロックに戻ると、フィリップは顔をしかめてダンスをやめた。「この曲はパスしよう」大音量にかき消されないように声を張りあげる。「こんなのに合わせて踊ったら脚がもつれちゃうよ」

フィリップはダンスフロアを離れ、キャスリンの手を取って鉢植えの植物が置かれたバルコニーへと導いた。

「ブレイクのことは忘れてパーティーを楽しもう」彼はやさしく言って石の欄干にもたれた。暗い地平線上にキングスフォートの町の明かりが宝石のように輝いている。「兄貴も今週は大変だったんだよ。ロンドン工場のストライキが長引いて」

会社が保有するなかでも最大の繊維工場のひとつがロンドンにあることを思いだして、キャスリンはうなずいた。ストライキで生産がストップするのはこれが初めてではない。

「あの工場はトラブル続きなんだ。なぜ閉鎖してしまわないのか理解に苦しむよ。その分はニューヨークとアラバマの工場で充分カバーできるのに」

観葉植物のひんやりした葉に手を這《は》わせながら、キャスリンはフィリップのなめらかな声に耳を傾けた。さらにふたつの繊維工場を買いとって傘下に置けば、会社にとっていかに有益かを彼は語っていた。それぞれの工場に何台の紡績機が必要か、設備の刷新によって生産量がいかに拡大するか……。しかしキャスリンに聞こえていたのはブレイクの怒声だけだった。

彼が捨てた相手にしつこくつきまとわれるのはキャスリンのせいではないし、女性との交際を指摘したくらいで私生活に口出ししたと非難するのは言いがかりに等しい。頭ではそう反発しながらも、半裸のブレイクが女性と抱き合っている場面をふと思い浮かべて、キャスリンはぽっと頬を染めた。筋肉の盛りあがった浅黒い上半身が、女性のしなやかな体とぴったり密着して……。

おかしな妄想をした自分にキャスリンは衝撃を受け、さらに顔を赤らめた。ブレイクが上半身裸になっているところは一、二度見たきりだが、そのみごとな肉体はまぶたに焼きついている。まさに筋肉のかたまりで、黒く縮れた逆三角形の胸の毛が男らしさをこれでもかと強調していた。そんな魅力が女性たちに伝わらないはずがない。キャスリンは懸命に考えまいとした。家族としてのブレイクと、行く先々で女性たちを引きつける尊大で魅力的なブレイクを、これまではちゃんと区別することができていた。思春期からずっと成長を間近で見守ってきた彼が、キャスリンを一人前の女性として見られないのは仕方のないことだと自分に言い聞かせてきた。彼にはすべてを知られている。癇癪《かんしゃく》を起こすとものを投げる癖も、氷を取りだしたあとの製氷皿に水を補充しておかないことも、教会で靴を脱ぐ癖も、日曜の午後に牧師が訪ねてくると木に登って隠れることも。キャスリンは重いため息をもらした。彼はあまりに多くを知りすぎている。

「……キャスリン！」

彼女は跳びあがった。「ごめんなさい、フィル」あわてて謝る。「あまりに気持ちのいい夜だから、ついぼうっとしてしまったのよ。なんの話だったたかしら？」

　フィリップが笑って首を横に振った。「いいんだ、たいした話じゃない。気分はよくなった？」

「べつに酔っていないわ」

「少しふらふらしているよ。パンチを三杯も飲んだんだろう。主催者のバリントン夫人にけしかけられて、母さんがありったけの酒をパンチに注《つ》ぎ込んだからね」

「あんなに強いとは思わなかったの」

「いろんな酒がまじると悪酔いしやすくなるんだ。そろそろ会場へ戻ろうか」

「戻らないとだめ？　こっそり抜けだしてSF映画を見に行くのはどう？」

「自分のためのパーティーから逃げだすって？　よくそんなことが言えるね」

「まったくよね。それで返事は？」

「返事って、なんの？」

「映画に行く話よ。ねえ、いいでしょう、フィル」

　キャスリンは懇願口調になった。「わたしを救いだして。あなたを悪者にはしないから。お母さんには、銃で脅してあなたを誘拐したと言うわ」

「あら、そうなの？」後ろに来ていたモードが笑い声をあげた。「なぜフィリップを誘拐したいのかしら？」

「町でSF映画の新作をやっていて、それで……」

「映画館へ行けば、朝までブレイクと顔を合わせずにすむから。そう言いたかったの？」

　キャスリンは体の前で両手を組み合わせた。「まあ、そういうことね」

「心配ご無用よ。もう帰ったわ」

　はっとして、キャスリンは顔をあげた。「ブレイクが？」

「ええ、ブレイクがね」モードが軽やかに笑った。「バンドにパンチに政治家連中、時差ぼけに労働組合にスモッグ、そして露骨に色目を使う女たち。そのすべてに悪態をついて出ていったわ。家に帰って寝ると言うのを聞いて、イヴは安堵《あんど》の涙を流さんばかりだったのよ」

「ベッドがつぶれちゃえばいいのに」キャスリンは元気を取りもどしてけろっと言い放った。

「意地悪な子だね、きみも」フィリップがからかった。

モードがうんざりしたように肩を落とす。「いいかげんにしてちょうだい。キャスリン・メアリー、あなたとブレイクが始終いがみ合うものだから、こちらは胃潰瘍になりそうよ。あの子、今度は何をしたの？」

「ふしだらな行動はするなと言ったそうだ」フィリップが代わりに答えた。「自分は好きに遊び歩いているのに不公平だと指摘したら、怒り狂ったとか」

「キャスリン！　ブレイクにそんなことを言うなんて！」

キャスリンはきまり悪そうに弁解した。「からかっただけよ」

「まったく、とんでもない子ね。近くに湖や川があったら投げ込まれていたわよ。やきもち焼きのデラとかいう女性に別れを告げて以来、ブレイクは機嫌が悪いんだから。ねえ、フィル、あれはたしかキャスリンがミッシー・ドナヴァンやお兄さんのローレンスといっしょにクレタ島のクルーズに行くと知らせてきたころだったわね」

「ローレンス……ラリーといえば」フィリップはわざとらしく母音を伸ばして発音した。「最近はどうしている？」

「東海岸で開かれる作家の集いに出席するついでに、わたしに会いに来るそうよ」キャスリンは笑顔になった。「新作のミステリーが売れて絶好調なの」

「わが家に泊めるつもり？」モードが尋ねた。「ブレイクは物書きという人種を信用していないのよ。ほら、美人コンテストに出場した女性との関係を、記者に書きたてられてからはね。あの女性はなんていう名前だったかしら、フィル」

「ラリーは記者じゃないわ」キャスリンは反論した。

「書くのはフィクションだけだし……」

「ブレイクと美女の記事も完全なフィクションだったよ」フィリップがにんまりする。

「話をちゃんと聞きなさい。ブレイクが家にいるかぎり、彼を滞在させるわけにはいかないわ。すでに毛嫌いしているのがはっきりわかるの」

「ラリーは気骨のある人よ。不当な扱いをされたら黙っていないわ」熱しやすい性格と赤い髪を持つ友人を思い浮かべてキャスリンは言った。

モードが眉根を寄せて考え込んだ。「フィリップ、キャスリンのお友だちが来る前に、あのデラとかいう女性に連絡してブレイクの非公開の番号を教えてあげたらどうかしら。わたしは常夏のサンマルタン島がどんなにすてきかをブレイクに思いださせるかしら」

「たった二、三日のことよ」幼さの残る顔をこわばらせてキャスリンは食い下がった。「グレイオークスはわたしの家でもあると思っていたのに……」

モードが表情をゆるめてキャスリンを腕のなかに抱き寄せた。「もちろんそうよ。決まっているじゃないの。ただね、グレイオークスはブレイクの家でもあるわけで、それが問題なのよ」

「単にラリーが作家だからって……」

「理由はそれだけじゃないわ」モードがふっとため息をついてキャスリンの背中をさすった。「ブレイクはあなたをほかの誰にも渡したくないのよ、キャスリン。あなたが男性とデートするのがいやなの。特にジャック・ハリスのような人と」

「いつまでもそれでは困るわ」キャスリンは頑固に

言い張り、モードから離れた。「わたしはもう大人よ。風船ガムひとつで言いなりになる子どもじゃない。自分の友人をもてなす権利があるはずだわ」

「今のブレイクはご機嫌斜めよ。盾ついたら面倒なことになるわ」

そよ風に吹かれてモードの口の端に張りついたひと房の黒髪を、キャスリンは手を伸ばしてそっと払った。「ラリーが来ることは黙っていて」

フィリップが冗談めいた口調で母親に尋ねた。

「キャスリンの生命保険は掛け金を全額払い終えているのかな?」

「家計はすべてブレイクが管理しているのよ」モードは噛《か》んで含めるようにキャスリンに言い聞かせた。

「悪くすればおこづかいがゼロになるかもしれないし、車も没収されるかもしれないわ」

「革命に犠牲はつきものよ」

「いやはや、まいったね」フィリップがあきれ顔でその場を立ち去った。

「ねえ、待って」遠ざかる背中に向かってキャスリンは呼びかけた。「話はまだ終わりじゃないわ」

モードが噴きだした。「きっとあなたのために、お祈り用のろうそくを灯《とも》しに行くんだわ。本気でブレイクと対決するつもりなら、お祈りのひとつやふたつ必要になるでしょうから」

「お祈りが必要なのはブレイクのほうよ」キャスリンは負けずに言い返した。

モードはただ笑うだけだった。

帰宅すると家は静まり返っており、モードが安堵のため息をもらした。

「ここまでは順調ね」彼女はキャスリンとフィリップにほほえみかけた。「あとは足音を忍ばせて二階へあがれば……」

「なぜ足音を忍ばせるんだ?」書斎の方向から、ひどくいらだった声が飛んできた。

くるりと後ろを向いた瞬間、キャスリンは怒りをたたえたブレイクの黒い目とまともに向き合うはめになった。新たな決意が跡形もなく消えていく。

視線を落とし、心臓が激しく打つのを意識しながら、キャスリンは足音を忍ばせていた理由を説明するモードの声にぼんやりと耳を傾けた。

「みんな、疲れているあなたの邪魔をしたくなかったのよ」やさしい口調でモードが言い聞かせている。

「疲れたのは足だけだ」ブレイクが応え、琥珀色《こはくいろ》の液体の入ったショットグラスを、のみで彫ったような口もとへ運んだ。グラスの縁ごしにキャスリンをにらみつける。「ぼくがケイトと一戦交えたことを聞いたんだね」

「ブレイク、この子はラムパンチをがぶ飲みしたのさ」フィリップがにこやかに説明した。「独立の宣言と、聖なる革命に向けた準備のためにね」

「お願いよ、やめて」キャスリンはかすれた声で抗議した。

「バリントン家ではあんなに勇ましかったのに。自由を勝ちとるためにみずから犠牲になるんじゃなかったのかい？」

「そんなのうそよ」キャスリンは否定した。ごくりと唾をのんで、ブレイクの硬い表情にちらっと目をやる。パーティー会場で彼に投げつけられた厳しい言葉がよみがえり、今夜は泊まっていったらというナンの誘いに応じなかったことが悔やまれた。

ブレイクがグラスを小さく揺すった。「母さんとフィルはもう寝たほうがいい」

申し訳なさそうな目でキャスリンを見つつ、モードがフィリップを引き連れて階段のほうへ向かった。

「お願いよ。わたしを見捨てないで」キャスリンはふたりの後ろ姿に呼びかけた。

「宣戦布告したのはきみだよ」フィリップが言い返

す。「ぼくは不干渉の立場を貫かせてもらう」

　セーブルのコートを羽織っているにもかかわらず、キャスリンは体の震えを抑えることができなかった。家のなかは暖かく、ブレイクの黒い目は燃えるようにぎらついているというのに。

「さあ、どうぞ。遠慮しないで言いたいことを言って」キャスリンは低い声で言い、彼の白いシルクシャツの開いた襟もとを凝視した。「もう肉の一部を嚙みちぎられたんだから、腕の一本や二本、もぎとられてもどうってことないわ」

　抑えた笑い声に驚いて顔をあげると、ブレイクの目には面白がるような表情が浮かんでいた。

「こっちへ来て、話をしないか」彼は向きを変え、くるみ材の鏡板を張った書斎へとキャスリンを導いた。アイリッシュセッター犬のハンターが大きな体を起こして尾を振ると、ブレイクはその背中をなでてやりながら、暖炉の正面に置かれた安楽椅子にどっかりと腰を据えた。

　キャスリンは向かいの椅子にすわり、暖炉に美しく積みあげられた薪《まき》に目をやった。「パパがよく燃やしていたわね」遠い親戚にあたるブレイクの父を、キャスリンはパパと呼んで慕っていた。早くに実の父を亡くした彼女にとって、まさに父親代わりの人物だった。

「部屋を暖めたいときはぼくも燃やす。でも今夜はそれほど寒くない」

　ブレイクのようながっしりした体格の男性でも寒さを感じることがあるのだろうかとキャスリンは疑問に思った。浅黒い肌の内側で炎が燃えているかのように、全身から熱気を放出させている。

　グラスの中身を飲みほしてわきに置くと、ブレイクは頭の後ろで両手を組み合わせた。鋭い視線でキャスリンを椅子に釘《くぎ》づけにする。「コートを脱いだらどうだ。それに、べつの約束でもあるみたいにそわそわするのはやめてくれないか」

「寒いのよ、ブレイク」キャスリンは小声で訴えた。

「サーモスタットの温度を調節すればいい」

「でも、すぐに失礼するから。話はすぐにすむでしょう？」彼女は期待を込めて尋ねた。

彼の静かな黒い目が、白いドレスからのぞくピンクの肌を見つめる。キャスリンは自分の幼さを見透かされたような気がして落ち着かなかった。

「そんなにじろじろ見ないで」不安げな声で抗議し、薄いシフォンの布地をそわそわといじった。

ブレイクがポケットからシガレットケースを取りだし、ことさらにゆっくりと煙草《たばこ》に火をつけた。

「革命とはいったいなんの話だ？」軽い調子で切りだす。

キャスリンは目をぱちくりさせた。「ああ、フィルが言っていたあれね」ことの深刻さをようやく理解してごくりと唾をのむ。「あれは、その……」

ブレイクが鼻で笑った。「キャスリン、きみはいつも語尾を濁すね」

キャスリンは口をとがらせた。「それはあなたがことあるごとに難癖をつけるからよ」

黒い眉が持ちあがった。どこまでも落ち着き払ったその物腰に、キャスリンはいらだちを覚えた。

「ぼくが難癖をつけるって？」

「よくわかっているくせに」深いしわが刻まれた彼の顔をじっと眺めると、他人なら気づかないほどの疲労の影が目にとまった。「ずいぶん疲れているんじゃない？」ふいにやさしい口調でキャスリンは尋ねた。

ブレイクが煙草をくわえた。「死にそうだよ」

「それならなぜベッドで休まないの？」

彼が静かな目でキャスリンを見た。「きみのパーティーに水を差したくなかった」

その声に昔と変わらぬやさしさを聞きとって、キャスリンはなぜか目がうるみそうになった。「気にしなくていいのに」

「いや、よくない」椅子の横に置かれた灰皿に煙草の灰をはじき落として、ブレイクが大きなため息をついた。「ケイト、ぼくは少し前にある女性と別れたんだ。ところがその相手がしつこくつきまとってくるものだから、近ごろは神経がぴりぴりしていて、きみの言葉に過剰反応してしまった」小さく肩をすくめる。「普通なら笑い飛ばすところなのに」

「その人のこと……愛していたの？」

ブレイクが笑いだした。「子どもだね。愛していない女性とベッドをともにしてはいけないのか？」

キャスリンは喉まで真っ赤になった。「さあ、わたしにはわからないけれど」

「ああ、わかるはずがない」彼の笑みは消えていた。

「ぼくもきみの年ごろには愛を信じていた」

「皮肉屋ね」

ブレイクが煙草をもみ消した。「そう言われても仕方がない。経験者だからこそ言えることだが、感情を切り離したほうがセックスは楽しいよ」

キャスリンはうつむいた。浅黒い顔に浮かぶ不道徳な笑みを見たくなかった。

「こういう話題はきまりが悪いのか、ケイト？　ハリスの一件で少しは大人になったと思っていたが」

キャスリンは顔をあげ、緑色の瞳に燃えるような怒りをたたえて相手の目を見返した。「またあの話を蒸し返すつもり？」

「あの一件できみが教訓を学んだなら、何も言う必要はない」ブレイクが鋭いまなざしを白いドレスに向けた。「だが、あいにく何も学んでいないらしい。そのネグリジェの下には何も着ていないのか？」

「ブレイク！　これはネグリジェじゃないわ」

「そうとしか見えないが」

「こういうのがはやりなのよ！」

「聞いた話だが、パリでは素肌にベストを着て、前をはだけて歩くのが流行しているそうだ」

キャスリンは乱暴なしぐさで髪を振り払った。

「パリに住んでいたらわたしもその格好をするわ」

「きみが?」ブレイクがにやりとして、またしても彼女の胸のあたりを凝視した。その大胆なまなざしに、キャスリンは不可解な興奮を感じた。「そいつはどうかな」

敗北感を覚えながら、キャスリンは両手を膝の上で組み合わせた。「話っていったい何?」

「客が来ることを知らせようと思った」

彼に無断でラリー・ドナヴァンを招待したことを思いだして、キャスリンの体に緊張が走った。「あら、どなたがいらっしゃるの?」

「ディック・リーズとその娘のヴィヴィアンだ。労働組合との問題をぼくと話し合うために、一週間ほど滞在する。ディックは地方組合の委員長なんだが、このところトラブル続きでね」

「娘さんは?」好奇心むきだしの自分がいやになりつつも、キャスリンは訊《き》かずにいられなかった。

「ブロンドでセクシーだ」

「まさにあなた好みのタイプね。ことに、セクシーというところが」

ブレイクがからかうような目で彼女を見た。大人だと思っていい気になっているその顔に、キャスリンは何かを投げつけてやりたくなった。

「わたしにホステス役を期待しないでね。わたしもお客さまを招待しているんだから」

黒い目に危険信号が灯った。「客とは?」ぶっきらぼうに尋ねる。

キャスリンは臆することなく、顔をあげて答えた。

「ラリー・ドナヴァンよ」

ブレイクの張りだした眉の下で何かが火を噴いた。

「この屋敷には泊まらせない」ダイヤモンドでも切

れそうなほど鋭利な口調だ。

「でも、ブレイク。もう招待してしまったのよ！」

「自業自得だ。恥をかきたくなければ事前にぼくに相談すべきだった。いったい何を考えているんだ、ケイト？　空港へ出迎えに行って、そのあとで報告するつもりだったのか？　既成事実をつくればそれですむと思ったのか？」

キャスリンは彼の目を見ることができなかった。

「そのようなものよ」

「電報を打つんだ。都合が悪くなったと言えばいい」

キャスリンは顔をあげ、征服者のように指図するブレイクをにらんだ。ここで引き下がったらおしまいだ。二度と対等にものが言えなくなる。今度だけは譲歩するわけにはいかない。

奥歯をぐっと噛みしめて答えた。「いいえ、お断りするわ」

大柄な男性にしては優雅な動きで、ブレイクがゆっくりと立ちあがった。広い肩幅はそれだけで威圧感がある。彼の目の表情が険しくなった。

「なんだって？」不自然なほど穏やかな声だった。

キャスリンは組み合わせた両手をきつく握りしめた。「お断りすると言ったのよ」かすれ声で返し、緑の目で訴えかけるように彼を見る。「ブレイク、ここはわたしの家でもあるのよ。少なくとも、最初にここへ来たときはあなたもそう言ってくれたわ」

「逢引《あいびき》の場所として使っていいとは言っていない」

「自分は女性を連れ込むくせに」ある晩、予定より早く帰宅して目にした衝撃的な場面を思いだして、キャスリンは言い返した。今まさに自分たちがいるこの書斎で、ブレイクとジェシカ・キングが半裸でいちゃついていたのだ。キャスリンの視線はジェシカを素通りして、筋肉の盛りあがったブレイクの広い胸に吸い寄せられた。それ以来、あの光景が頭から消えることはなかった。

「昔はそんなこともあったが今はもうしていない」ブレイクがやんわりと訂正した。「あのとき、きみはいくつだった？　十五歳か？」

キャスリンは目をそらしてうなずいた。「ええ」

「そんなきみを大声で叱りつけてしまったね。留守だと思っていたんだ。おまけにあのときは欲求不満でいらいらしていた。家まで送っていったとき、ジェシカは泣いていたよ」

「わたしが……ドアをノックすればよかったのよ」キャスリンは自分の非を認めた。「でもあの日はコンテストで作品が入賞したものだから、一刻も早く報告したくて……」

ブレイクが穏やかにほほえんだ。「何かの賞を取ると、きみはいつも真っ先にぼくに見せに来たね。あの晩までは」彼女の横顔を見つめる。「あれ以来、きみは壁をつくるようになった。ぼくが近づこうとすると、何か盾になるものを見つけてぼくを拒んだ。前回はジャック・ハリス。そして今度は例の作家だ」

「そんなことないわ。壁を築いているのはあなたのほうよ、ブレイク。わたしが独り歩きできないように」

「きみの望みはいったいなんだ？」

暖炉にほどこされたベージュと白の精巧な渦巻き模様をキャスリンは凝視した。「わからない。今みたいに抑えつけられていたら、永久にわかるわけがないわ。自由になりたいのよ、ブレイク」

「自由な人間など存在しない」ブレイクが哲学者めいた答えを返し、考え込むようなまなざしで彼女を見つめた。「ドナヴァンのどこがいいんだ？」ふいに尋ねる。

キャスリンは肩をすくめ、ブレイクの表情が伝染したかのように考え深い顔つきになった。「いっしよにいて楽しいところね。笑わせてくれるのよ」

「きみが男に求めるのはそれだけか。笑わせてくれればそれでいいのか」

背筋が凍りつくような冷たい口調だった。思わず彼を見ると、こわばった顔に謎めいた表情が浮かんでいた。「ほかに何があるというの?」キャスリンは反射的に尋ねた。

意味ありげな笑みがブレイクの口の端にゆっくりと刻まれた。「男女が愛し合うときに生まれる熱い炎だ」

キャスリンは椅子のなかで居心地悪そうに身じろぎした。「肉体の快楽を過大評価しているわ」世慣れたふりをして言い捨てる。

ブレイクが頭をのけぞらせて大笑いした。

「しいっ! みんなが目を覚ますじゃないの」

完璧にそろった白い歯を見せてブレイクは言った。

「赤カブみたいに真っ赤になっているぞ。きみが愛の何を知っているというんだ? 小娘のくせに。いざそんな場面になったら失神するのが落ちだ」

キャスリンは憤慨して彼をにらみつけた。「あなたに何がわかるのよ。もしかしたらすでにラリーと……」

「いや、ないね」ブレイクがさえぎった。「きみは正真正銘のバージンだ。もしその手の危険があると思ったら、クレタ島から即刻帰国させていた」

「今の時代、純潔なんてなんの価値もないのよ」

ブレイクは長いこと無言だった。「軽々しく純潔を捨てようなどと思わないほうが身のためだ」ようやく発したのは穏やかな警告だった。

「あら、古くさいことを言わないで」キャスリンはちゃめっ気のある笑みを浮かべて攻勢に出た。「だいたい、女性たちの身持ちが固かったらあなたは困るんじゃないの?」

「かなり困る」ブレイクはあっさりと認めた。「だが、きみはぼくがつき合う女性たちとは違う。色情狂みたいに自分の体を差しだすのはやめてくれ」

キャスリンはため息をついた。「その心配はないわ。やり方を知らないもの」

「そんなドレスを着るのが、誘惑の第一歩になる」

「でも大事なところは隠れているわ。ナンのドレスに比べたらずっとおとなしいし」

「わかっている」ブレイクの口もとがゆるんだ。

そんな彼をキャスリンはまつげの下から観察した。

「ナンはあなたのことを世界一セクシーだと思っているのよ」

ブレイクの顔がこわばった。「ナンはまだ子どもだ」不機嫌そうな声で言うと、ポケットに手を入れて後ろを向いた。「それに、ぼくはヒーロー扱いされて喜ぶような年じゃない」

ナンはキャスリンと同い年だ。彼女は気持ちが落ち込むのを感じた。ブレイクといると、自分がひどく不器用で無知な人間に思えてくる。

彼の広い背中をまじまじと見つめた。実に見栄えがする。体格がよく、生気にあふれており、物静かで思いやりがある。そして暴君でもある！

「ラリーを招待させてもらえないなら、わたしのほうから彼に会いに行って作家の集いに同行するわ」

ブレイクが振り返り、威嚇するような目でにらんだ。「脅すつもりか、ケイト？」

「とんでもないわ！」

彼の浅黒い顔は石像さながらに無表情だった。

「この話はまたにしよう」

キャスリンは彼をにらみつけた。「暴君」

「そんなことしか言えないのか」

「男尊女卑の頑固者！　あなたといると腹が立つわ！」

ゆったりとした足どりでブレイクが近づいてきた。

「そういう自分はどうなんだ、キャスリン？」迫力のある低い声で尋ねる。

すぐそばに来た彼の顔をキャスリンは見あげた。

「頑固なのはおたがいさまね」素直に認める。「休戦する？」

ブレイクがやさしくほほえんだ。「休戦だ。おいで」

彼がキャスリンのあごに手を触れて持ちあげ、顔を近づけてきた。彼女は目を閉じて、いつものそっけない挨拶のキスを待ち受けた。ところが何も起きなかった。

不思議に思って目をあけると、ブレイクの瞳がどぎまぎするほど近くにあった。焦茶色の虹彩《こうさい》に散る金色の斑点や、目尻の小さなしわまで見分けられる。温かい指が伸びてきて、愛撫《あいぶ》するように首筋をなでた。

「ブレイク？」どう反応していいかわからず、キャスリンはささやいた。

ブレイクのあごが硬く引き絞られ、セクシーな口の横の筋肉がぴくっと動いた。

「よく帰ってきたね、ケイト」かすれ気味の声で言うと、彼はそのまま立ち去ろうとした。

「キスしないの？」キャスリンは深く考えずに尋ねた。

ブレイクの顔からいっさいの表情が消え、熱い炎を封じ込めたような目がキャスリンの目を見おろした。「もう遅い」そう言うなり、彼は唐突に身をひるがえした。「それに今夜は疲れた。おやすみ、ケイト」

彼が外に出ていくと、あとに残されたキャスリンはその場に立ちつくして、誰もいない部屋の出口を見つめた。

3

その後の数日、ブレイクは妙によそよそしく、キャスリンはふと気づくと無意識に彼を見つめていることが多くなった。ブレイクは単なる後見人であり、その姿はオークの老木に囲まれた古い屋敷と同じくらい見慣れているはずだ。でも何かが違う。それがなんなのかキャスリンにはわからなかった。

「ブレイク、わたしに腹を立てている？」ある晩、デートのための着替えをしに二階へ行こうとする彼をつかまえてキャスリンは尋ねた。

ブレイクが眉根を寄せて彼女を見た。「なぜそんなことを？」

キャスリンは肩をすくめて作り笑いを浮かべた。


「なんだか……そっけないから」

「いろんな問題で頭がいっぱいなんだ」彼は静かな声で答えた。

「ストライキのこと？」

「それも含めて、頭痛の種はほかにもいろいろある。つまらない質問はそれぐらいにしてくれないか。外出するところなんだ」

「ごめんなさい。お花畑に行く邪魔をするつもりはないわ」

「お花畑？」

「あなたが花から花へ飛び移って甘い蜜を吸う場所のことよ」痛烈な皮肉を放った自分に気をよくして彼女は向きを変え、フィリップとモードがおしゃべりをしている居間へ歩きだそうとした。

ブレイクが小さく笑った。「スリップが見えているぞ」

キャスリンはあわてて振り向き、ミディ丈のベルベットのスカートをつまみあげて、形のよいふくらはぎを見おろした。「えっ、どこ?」

ブレイクは含み笑いをして階段をのぼっていった。そんな彼をキャスリンはにらみつけた。

しばらくして階下へおりてきたブレイクは白いシルクの開襟シャツに黒のスラックス、ツイードのジャケットというスタイルで、実にさっそうとしていた。デート相手はどんな女性だろう。このぞくぞくするような魅力を理解できる人だろうか。彼の姿をちらりと見ただけでキャスリンの脈は速まり、いつしか歓迎パーティーの晩のできごとを思い返していた。彼女にキスしようとしてやめたブレイクの目には奇妙な光が浮かんでいた。あれ以来、なぜ彼がためらったのか、その理由がわからずに頭の隅に引っかかっているが、あえて深く考えないようにしていた。愛情深い兄としての役割を離れると、ブレイクはきわめて危険な存在になりうる。

翌日、ナン・バリントンが朝の乗馬を楽しもうとキャスリンを誘いにやってきた。小柄で華奢《きゃしゃ》なナンは、目の色と同じブルーのぴったりしたセーターに乗馬ズボンといういでたちだった。

キャスリンのわきをすり抜けて家に入ったとたん、彼女はブレイクの姿を探して四方八方に視線を走らせた。

「ブレイクなら出かけたわよ」キャスリンは笑って教えた。

ナンは見るからにがっかりした顔になった。「乗馬につき合ってもらおうと思っていたのに」

彼女と顔を合わせるのを避けるためなら、ブレイクは僧院に入る以外はどんなことでもしかねないのだが、それを本人に言うのは控えた。この問題を突きつめればキャスリンも無傷ではいられない。

「おや、ゴールデンガールのお出ましだね」フィリップが階段から声をかけてきて、おおげさにブロンドのナンに見とれた。「あいかわらず色っぽいな」

ナンはうれしそうに笑った。「もう、フィルったら、調子がいいんだから。ねえ、馬で競走しない？　また地団駄踏んで悔しがらせてあげるわよ」

「女ごときに負けるもんか。乗った！」

ふたりの先に立って外へ出たキャスリンは、緑のベルベットのブラウスを引っ張って腰をおおい、朝の冷気を遮断した。「肌を刺すような寒さだわ」風がかなり強く吹いている。

「本当に、空気が冷たいね」フィリップがうかがうような目でキャスリンを見た。「ブレイクは忙しくて乗馬どころじゃなさそうだ。家にいてもずっと書斎にこもっている。土曜に到着するリーズ父娘《おやこ》を空港まで迎えに行く時間がとれたら儲《もう》けものだね」

「また彼と喧嘩《けんか》したの？」ナンがキャスリンを横目で見た。

キャスリンは頭を高くあげて目の前を見つめながら、大きな厩舎《きゆうしや》と白い柵に囲まれたパドックへの近道をたどった。この道は背の高い生け垣を利用した庭園を通り抜けており、その中央にはすわり心地のいいクッションを円形に敷きつめた東屋《あずまや》がひっそりと立っている。きわめてロマンティックなそのしつらえを見るたびに、キャスリンは奔放に想像をめぐらせるのだった。

「ブレイクとは問題なくやっているわよ」

「そりゃそうさ」フィリップが茶々を入れた。「おたがいに避けてるんだから」

「そんなことないわ。この前、ブレイクがデートに出かける前におしゃべりしたでしょう」

ナンがフィリップの顔を見て尋ねた。「今度のお相手はどんな女性？」

フィリップは肩をすくめた。「さあね。最近雇った小柄なブロンド娘じゃないかな。新しい秘書なんだけど、CATみたいに簡単な単語も正しくつづれないという話だ」

「ブレイクはブロンドの女性に目がないから」内心の思いとはうらはらに、キャスリンはさもおかしそうに笑った。

「わたしもブロンドだけど見向きもしてくれない」ナンがぼやいた。「わたしの何がいけないの？」

フィリップが彼女の肩をやさしく抱き寄せた。「きみは若すぎるんだよ。ブレイクは経験豊かで道徳観念のまるでない大人の女が好みなんだ。そうなると、きみにチャンスはない」

「チャンスなんて、あったためしがないわ」

「チアリーディングの練習のあと、ブレイクはよく迎えに来てくれたわね。覚えてる？」キャスリンは言った。「わたしたちのこと、今でも風船ガムを噛《か》んでくすくす笑う子どもだと思っているのよ」

「風船ガムなんて大嫌い」ナンが口をとがらせた。

「ぼくもだ。あれはどうも後味が……あ、やあ」フィリップが言葉をのみ込んで、とつぜん目の前に現れたブレイクに笑いかけた。

三人の正面で立ちどまったブレイクは、高級そうなグレーのスーツを着込み、白いシルクのシャツに柄物のネクタイを締めていた。どこから見ても優雅で洗練されたビジネス界の大物だ。

「おはよう」ブレイクは冷ややかに言うと、ナンにほほえみかけた。「お母さんはお元気かい？」

「ええ、おかげさまで」ナンが一歩近づき、ほっそりした指で彼の腕に触れた。「ねえ、ブレイク。わたしたちといっしょに乗馬を楽しむ時間はない？」

「そうできたらいいんだが、もうすでに会議に遅刻しているんだ」

キャスリンは唐突に身をひるがえし、厩舎へ向かって歩きだした。「先に行くわね」肩ごしに呼びかける。「最後に鞍《くら》にまたがった人が負けよ！」

自分の子どもっぽいふるまいが信じられずに、厩舎までは駆けるようにして進んだ。なんだかいつもと勝手が違う。吐き気がするような、胸が痛むような、すべてが空っぽになったような……。ブレイクの腕に手をかけるナンを目にしたとたん、抑えようのない怒りがわいてきたのだ。彼に触れたというそれだけの理由で、長年の友人をひっぱたきたくなった。そんな自分がよくわからなかった。

キャスリンは放心状態で馬具室へ行き、必要な道具一式を集めた。ほとんど無意識のままサンダンスに鞍をつけ、乗馬の準備を終える。主人の心の乱れを感じとったかのように、馬は神経質に足踏みをした。

朝の明るい光のなかにサンダンスを引きだすと、ナンが近づいてきた。

「フィルは？」内心の動揺が声に出ないよう注意しながら、キャスリンは尋ねた。

ナンが肩をすくめた。「ブレイクに会社へ引っ張っていかれたの。何か重要な会議があるとかで。ブレイクはすごく腹を立てているみたいだった」ため息をついたが、その顔がぱっと明るくなった。「まるでフィリップがわたしと乗馬を楽しむのが気に入らないみたいだったわ。ねえ、ケイト、もしかして彼はやきもちを焼いたのかしら？」

「そうかもしれないわね」この友人についてブレイクが言っていたことを正確に覚えていたキャスリンは、適当に話を合わせた。でもあれが彼の本心からの言葉かどうかはわからない。なぜブレイクはフィリップの乗馬をやめさせたのだろう。

大会社の経営にたずさわる人間として、フィリップの態度がいささかだらしないとブレイクが考えているのはキャスリンも気づいていた。だとしても、こんな早朝にむりやり職場へ引っ張っていくのにはよほどの理由があるはずだ。キャスリンはそれ以上考えるのをやめた。もしナンの言うとおりなら、知らないほうが身のためだ。

「早く鞍をつけて」キャスリンは催促した。「思いっきり走らせたくてうずうずしてるのよ」

「ねえ、さっきはどうしちゃったの？」そう言いながらナンは厩舎に入っていった。

「早くしてね」キャスリンは聞こえないふりをした。「リーズ家の人たちをもてなすメニュー作りを手伝わないといけないんだから」

ナンは手早く馬に鞍をつけた。小柄な雌馬は竜巻を意味するワールウィンドという名だが、性格は快晴の夏の日のように明るく穏やかだ。

ふたりは心地よい沈黙のうちに馬を走らせ、キャスリンは秋色に変わりはじめた広大な丘を愛《いと》しげに眺めた。柔らかな金色をまとった遠くの木々は、やがてあざやかなオレンジ色やさまざまな色合いの赤に染まることだろう。空気は澄みわたり、草原の先に広がる畑は春の植えつけのためにすでにすき返されている。

「すてきだと思わない？」キャスリンは深々と息を吸った。「サウスカロライナほど美しい州はほかにないわ」

「そういうのを身びいきって言うのよ」

「だって事実だもの」手綱を引いて馬の歩みを止め、鞍頭に寄りかかって銀色のリボンのようなエディスト川を眺めた。「南北戦争の直前、チャールストンにお米のプランテーションがいくつあったか知っている？」美しく区画分けされた農地と水門を持つ大規模なプランテーションについて書かれた本をキャスリンは読んだことがあった。

「悪いけど、あなたと違って歴史にはあまり興味がなくて」すまなそうな口調でナンが言った。「ときどき、一八一二年戦争が何年のことだったかも忘れてしまうくらいよ」

愛すべき友人にほほえみかけた瞬間、キャスリンの胸から恨みや怒りの感情はきれいさっぱり消えた。ナンがブレイクに夢中なのは仕方がない。ブレイクが魅力的なのは彼女のせいではないのだ。

「森を駆け抜けていきたいわ」キャスリンはとっさに馬の向きを変えた。「川のにおいを嗅ぎたいの。つき合ってくれる？」

「ええ、もちろんよ」


その晩、ブレイクは自宅で夕食をとった。めったにないできごとに、家族は黙っていなかった。

「女日照りかい？」家政婦のミセス・ジョンソン特製のチキンの蒸し焼きを食べながら、フィリップが軽口を叩《たた》いた。

「フィリップ！」フォークに刺したチキンを口に運ぶ途中で止めて、モードが次男をたしなめた。


ブレイクが弟に向かって眉をあげてみせた。青いチェックのスポーツシャツの第一ボタンをあけたその姿は生気にあふれている。キャスリンは彼のほうを見ないようにするのが精いっぱいだった。

「おまえは今朝、いい思いをしていたじゃないか」

ブレイクはそっけない調子で言った。

「ぼくが女の子たちに囲まれているのが気に入らなくて、会社へ引っ張っていったのか？」フィリップは陽気な口調を崩さない。

「おまえの助けが必要だったからだ」

「ああ、そうだろうね。怪力の持ち主サムソンでさえ、柱を倒すのには馬の群れが必要だった」

「ひとつ言ってもいいかしら」モードがやんわりと口をはさんだ。「ミセス・ジョンソンが一時間もかけて調理してくれたとびきりおいしいチキンが、胃のなかですっぱくなりそうなんだけど」

キャスリンはおちゃめな視線をモードに投げかけ

た。「息子でなく娘を産めばよかったわね」

モードがまずブレイクを、次いでフィリップをまじまじと見た。「それはどうかしら。ピンヒールを履いてペチコートをつけたブレイクの姿は想像できないわ」

キャスリンはマッシュポテトを喉につまらせ、その背中をフィリップがとんとんと叩いてくれた。

「キャスリンの機嫌が直って何よりだ」愛想のかけらもない冷ややかな声でブレイクが言った。「今朝はご機嫌ななめだったから」

コーヒーをひと口飲むと、キャスリンは緑の目をぎらつかせてブレイクをにらみつけた。「あなたと口をきいた覚えはないけれど」

「そのとおり。ぷいといなくなるから、まともに挨拶を交わす暇もなかった」

この人はどこまで鈍いのだろう。キャスリンは不思議でならなかったが、その思いは胸にしまっておいた。「お言葉ですけれど、わたしはぷいといなくなったりしていません」高慢な調子で言い返す。

ブレイクはコーヒーカップを持ちあげたが、その目はキャスリンの顔から片時も離れなかった。そこにひそむ暗く激しい感情に彼女は動揺した。「まだまだ修行が足りないな」彼は平然と反発心をあおるようなことを言った。

キャスリンの顔がこわばった。「あなたなんか怖くないわ」作り笑いをして言い返す。

ブレイクの目が細くなり、口角が持ちあがった。「どんなに怖いか教えてやろうか」

「さあさあ、あなたたち」モードがふたりを取りなしたが、どちらに向かって言っているのかは目を見れば明らかだった。「食事中よ。消化不良は心の健康に悪い影響を与えるんですからね」

レモンムースを味わいながら、フィリップがため息まじりにつぶやいた。「消化不良ぐらいじゃ、このふたりは止められない」

ナプキンを丸めて皿の横に置き、キャスリンは席を立った。「少しピアノでも弾こうかしら。みんなの迷惑でなければ」

「適当なところで切りあげてね。ブレイクが眠れないと困るから」モードが注意した。「明日は五時に起きて、チャールストンの空港までリーズ家の方たちをお迎えに行くのよ」

キャスリンはブレイクのいるほうに愛想のいい笑みを投げかけた。「ええ、もちろん」蜂蜜でくるんだような甘い声で続ける。「お年を召した方にはゆっくり体を休めていただかないと」

「喧嘩を売っているのか」ブレイクの声は背筋が凍りつきそうなほど冷ややかだった。

「さあ、逃げろ！」フィリップが立ちあがって、キャスリンを居間のほうへ押しやった。無事に避難し終えると後ろ手にドアを閉めてもたれた。「ふう、危ないところだった！」おおげさにため息をついたが、その目は笑っていた。「あまり調子に乗らないほうがいいよ。ここ数日ずっと機嫌が悪かったけど、今朝の兄貴ときたら、肉食魚のバラクーダよりもっと獰猛《どうもう》そうだった」

「いつだってそうじゃない」

「まあね。でもあんなひどい秘書がいたら、きみだって胃潰瘍になるよ」

キャスリンはそんな彼を横目で見ながらピアノの前へ移動し、指をほぐした。「能力より見た目で秘書を選んだのなら、それは本人の責任よ。少し黙っていて、フィル。ブレイクの話はもうたくさん！」

ラフマニノフのピアノ協奏曲第二番を一心不乱に演奏するキャスリンの横顔を、フィリップは考え込むような表情で長いこと見つめていた。

4

来客を迎える準備のために、モードはミセス・ジョンソンとふたりの若いメイドをてんてこまいさせていた。こっけいとも言えるその光景に、キャスリンは何度も笑いをこらえるはめになった。「ドライフラワーはそこじゃないでしょう」居間の入口に花瓶を置こうとしたメイドに、モードが甲高い声で注意している。

作業の邪魔にならないよう、キャスリンは外出することにした。

家を出ると、ちょうどフィリップが愛車の小型スポーツカーを降りようとしていた。キャスリンの姿に気づいて彼は一瞬固まったようになったが、すぐに気を取りなおし、車の外へ出てドアを閉めた。

「どうかしたのかい？」フィリップがほがらかに声をかけてきた。

「ドライフラワーがちょっとね」キャスリンは謎めいた答えを返した。

フィリップが目をぱちくりさせる。「ブレイクのウイスキーをこっそり飲んだんじゃないだろうな」

キャスリンは首を横に振った。「現場を見ていない人には理解できないわ。正直、まるで州知事でもお見えになるみたいな騒ぎよ。家具を二度も並べ替えて、今度は花をどこに置くかでてんやわんや。リーズ家の人たちをいくら丁重にもてなしたって、川は救えないのに」

フィリップが含み笑いをした。「まあ、それはそうだけど」腕時計にちらりと目をやる。「じきにブレイクが客人を連れて戻ってくるよ」

キャスリンは彫刻の飾られた庭園と、生け垣のあいだを抜けて白い東屋《あずまや》へと続く小道に目をやった。

「ミス・リードは美人かしら？」

「ヴィヴィアンかい？　ファッション誌の表紙を飾るくらいだからね。彼女はかなり名の知れた女優でもある」

キャスリンは胸が悪くなってきた。「年寄り？」

「二十五歳は年寄りじゃないよ」フィリップが笑った。「ブレイクは女性なしではいられないたちだ。実際、もてもてだし」

キャスリンはフィリップの顔を平手打ちしたくなった。何も感じていないふりをして作り笑いを浮かべるのはもう耐えられない。何も感じていないなど、とんでもない。ブレイクはわたしの……。そこまで考えて眉間にしわを寄せた。彼はキャスリンのなんだというのだろう？

「キャスリン、聞いているかい？」フィリップが辛抱強く声をかけた。「ドレスを買いにキングスフォートへ行かないかって言ったんだよ」

「なぜ？　そんなにみっともない格好をしているとは思わないけれど」

「もちろんさ。でもお客さまも見えることだし、いい機会だから何着かドレスを新調したらどうかと母さんが言っていたよ」

「馬子にも衣装ってわけね」キャスリンは息巻いた。けれども落ち着いて考えれば、ブレイクが思わず目を丸くするような大胆なドレスを手に入れるチャンスでもある。ピンクの唇に小さな笑みが浮かんだ。

「わかったわ。どこか高級なお店に連れていって。サックスなんかいいわね」

「キャスリン、そいつはどうかな……」

「ブレイクが請求書を受けとるのは来月よ。そのころには、わたしはサンマルタン島かタヒチかパリあたりに避難しているわ」

フィリップが観念したように笑った。「わかったよ。わがままな子だね。さあ行こう。急がないとブレイクのお客が到着する前に帰れなくなる」

彼には内緒だが、それがキャスリンのもくろみだった。ヴィヴィアン・リーズとかいう女性と顔を合わせることを思うと、しばらく家を離れて町で過ごしたくなる。会ったこともないのに、キャスリンはもうその女性が嫌いになっていた。


モール内のしゃれたコーヒーショップにフィリップを残して、キャスリンは高級ブティックの店内を見て歩いた。ブレイクがこれまで見たこともないほど美しい女性に変身して、あっと言わせてやりたかった。

ところが目についたおしゃれなドレスを試着して鏡を見ると、そこに映っているのは大人の格好をした少女の姿だった。せいぜい十五歳にしか見えない。わくわくしていた気持ちがしぼみ、キャスリンはしゅんとなって鏡を見つめた。

「そのドレスはお客さま向きじゃありませんね」感じのいいブロンドの女性店員が声をかけてきた。

キャスリンは悲しげにうなずいた。「マネキンが着ていたときはあんなにすてきだったのに……」

「これはもっと背が高くて細身の方向けのデザインだからですよ。お似合いのドレスを見つくろいましょうか？」

「ええ、ぜひお願いします！」

「お待ちください」

店員が持ってきた三着のドレスは、いずれもキャスリンが選んだものより地味な印象だった。どれもフリルや飾りのないシンプルなデザインで、ミントや赤みがかったグレーやシルキーベージュという淡い色だ。ところがキャスリンが着ると、どのドレスも生き生きとした表情を見せた。ミントは黒い髪と緑の瞳によく映え、赤みがかったグレーはキャスリンのめりはりのある体型を強調し、シルキーベージュは落ち着いた肌の色を引き立たせる。シンプルなデザインは実際の年齢よりはるかに大人っぽい優雅な印象を引きだしてくれた。

「そしてこちらがパーティー用です」店員が最後に持ってきたのは、胸がV字に深く切れ込んで、腿の高い位置までサイドスリットの入った、ワインレッドのベルベットのドレスだった。鏡に映る自分の姿を見て、キャスリンはこれこそ夢のドレスだとつぶやいた。色気たっぷりのこのドレスを目にしたときのブレイクの反応を想像して思わず顔を輝かせたが、挑発するなと言われたことを思いだすと華やいだ気分が消えた。とはいうものの、自分の好きなドレスを着る権利はあるはずだ。

「キャスリン、もう帰らないと」フィリップの声がした。

キャスリンは眉を片方だけ持ちあげ、瞳をきらりと光らせた。このドレスを見たらフィリップはどんな顔をするだろうか。

試着室のカーテンをあけて、キャスリンは外へ出た。フィリップが唇を半開きにし、茶色い目を真ん丸にして見とれている。

「本当にキャスリンかい？」自分の目が信じられないらしい。

「ええ、わたしよ。ねえ、フィル。夢みたいじゃない？」

フィリップはあいまいにうなずいた。「まさに夢だね」

「ねえ、どうしちゃったの？」キャスリンは彼のそばへ行って顔をのぞき込んだ。

「人前でそんなドレスを着ても逮捕されないのかい？」

「まさか。最近はこういうのがはやりなのよ。気に入った？」

フィリップが呼吸を整えた。「最高にすてきだとぼくは思うよ。だけどブレイクが……」

「わたしは大人よ。そのことを折に触れてブレイクにアピールしないと……」

「そのドレスを着るなら、それ以上のアピールは必要ないよ」深い切れ込みからのぞく胸のふくらみにフィリップは目をやった。「一目瞭然だ」

キャスリンは波打つ髪を乱暴に払った。「例の女優さんは、これよりもっと露出の多いドレスを着ているはずよ」

「それはそうだが、きみとは住む世界が違うからね」

「男と寝ているという意味でしょう」

「しいっ。声を抑えて」フィリップはあせった様子で周囲を見まわした。「場所をわきまえてくれ」

「でも事実よ。違う？」

「作家の友人のことできみが兄貴とやり合ったのは知っている。だが、仕返しの意味で兄貴の新しいガールフレンドを侮辱するのはやめたほうがいい。八つ裂きにされるぞ」

桶《おけ》に受けた雨水さながらに、キャスリンの怒りはかさを増しつつあった。「ブレイクに人生を指図されるのはもううんざりなのよ。家を出てアパートメントに引っ越したい」

「兄貴にはまだ言うな。頼むよ」

「もう言ったわ」

「それで、兄貴はなんて？」

「もちろん、返事はノーよ。何を頼んでもだめの一点張り。でも、それももう終わりよ。わたしは仕事を見つけてひとり暮らしをするわ。あなたにも手を貸してもらうわよ」やんちゃな笑みを浮かべる。

「とんでもない！　いくらきみのためでも兄貴に刃向かうなんて無理だ」

キャスリンは床を踏み鳴らした。「だから最近の男はだめなのよ！」

フィリップの眉が面白がるように弧を描いた。

「だからって？」

「わたしのためにブレイクに刃向かう勇気のある人がいないってこと。でもラリーは違う。きっと立ち向かってくれるわ」

「そんなことをしたら後悔するはめになる。ねえ、キャスリン、そのドレスを買うなら、ぼくは週末のあいだ家を離れることにするよ。血を見るのは苦手なんだ」彼はわざとらしく身を震わせた。

「ブレイクは何もしやしないわよ」キャスリンは自信たっぷりに請け合った。「お客さまの前だもの」

「誰の前だろうとブレイクは遠慮なんかしない。まだそれがわかっていないなら、きみはよほどのおばかさんだ。あきらめたほうがいい、キャスリン。兄貴はきみのためを思って厳しくしているんだから」

「そういう問題じゃないのよ、フィリップ。これからずっと、やることなすこと指図されて生きていくのはいやなの。ブレイクはわたしの保護者じゃないんだから」

「そのドレスを着て夜道を歩いたら、保護者が必要になるよ」

キャスリンは背伸びしてフィリップの頬にキスした。「あなたっていい人ね」

「キャスリン……本気で買うつもりか？」

「もう、心配性なんだから」キャスリンは店員に合図した。「全部いただきます。それから、あのグリーンのベルベットも」

「グリーンのベルベットって？」

「これよりもっと大胆なデザインなの」うそだった。ホルターネックに立ち襟のついた、ラインの美しいドレスだ。「背中が丸見えなのよ」声をひそめて言い添える。

「神さま、お助けを」フィリップが天井をあおいだ。

「そんなことで助けを求めたらご迷惑でしょう。戦争やら洪水やらもっと深刻な悩みで、神さまは大忙しなんだから」

「ぼくの悩みの種はきみだよ」

「それは幸運だこと」キャスリンは彼の頬をなでてレジへ向かった。「さあ、小切手にサインして」

「誰の名前を書けばいいんだ?」

「もう、ばか言わないで!」キャスリンは笑い飛ばした。


ふたりは裏口からそっと家に忍び込み、ディナー用の服に着替えるべく、誰にも見られずに二階へ駆けあがった。キャスリンは入浴したのち、ワインレッドのベルベットのドレスを身につけ、長い髪を大人っぽくアップにまとめてひと筋の巻き毛を顔の両側に垂らした。控えめな化粧をほどこすと謎めいた表情が生まれ、ほどよくあかぬけた印象になった。鏡のなかから見返してくる女性は、ショッピングに出かける前の少女とは似ても似つかなかった。

なかなかの仕上がり具合に気をよくし、香水をほんの少しだけつけて階下へ向かった。居間からは人々の談笑する声が聞こえ、そこにはブレイクの声もまじっていた。とつぜん胸に不安がこみあげたが、キャスリンは首筋のカーブを見せつけるようにしてつんと顔をあげ、ありったけの勇気をかき集めて、白い絨毯《じゅうたん》と青い家具で統一された居間へ入っていった。


たちまち、キャスリンはふたつのものに気づいた。ブレイクの袖に寄生虫のように貼りついているブロンドの女性と、こちらを見たとたんブレイクの目のなかで燃えあがった怒りの炎だ。

「あら、やっと来た……のね」キャスリンのドレスに目をとめて、モードの声がとぎれた。「まるで別人だわ」非難めいた目つきで言い添える。

「そのドレスはどうしたんだ？」厳しい声でブレイクが詰問した。

キャスリンは口を開きかけ、手のひらに顔を埋《うず》めているフィリップをちらりと見た。「フィリップが買ってくれたの」

「キャスリン！」フィリップがうめいた。

肉食魚のような獰猛《どうもう》な笑みを浮かべて、ブレイクが言いわたした。「フィル、あとで話がある」

「キャスリンの葬式のあとにしてもらえるかな」フィリップが横目で彼女をにらんだ。

「お客さまに紹介してくれないの？」キャスリンは屈託のない笑顔で催促した。

「ディック・リーズと娘さんのヴィヴィアンだ」ブレイクが言い、きらきら光る青い目をした白髪で長身の男性と、父そっくりの目をしたブロンドの女性を手で示した。「こちらはキャスリン・メアリー」

「そのあとにキルパトリックがつきますけれど」キャスリンは誇らしげに言い添えた。「この家の末っ子です」

「はじめまして」ディック・リーズが感じよく挨拶し、痩せた手を差しだした。「では、ハミルトン姓ではない？」

「親戚なんです。両親が死んだあとハミルトン家に引きとられて、ここで育ちました」

「どうやら育て方を間違えたようだ」ブレイクが不機嫌な声で言った。胸の深くあいたドレスを凝視するその目は、ただではすまないぞと告げていた。

「意地悪を言うのをやめないと、くまの縫いぐるみでぶつわよ」シェリーのグラスをフィリップから受けとりながら、キャスリンは甘えた声で言った。

つまらなそうにそのやりとりを見ていたヴィヴィアンが、愛想笑いを浮かべながら気のない調子で尋ねた。「ミス・キルパトリック、年はおいくつ？」

「あなたよりはるかに若いのはたしかよ、ミス・リーズ」キャスリンも作り笑いをして答えた。

フィリップが酒にむせた。「ええと、旅行はどうでしたか、ヴィヴィアン?」早口で問いかける。

「おかげさまで順調だったわ」ヴィヴィアンが答え、キャスリンの全身にあからさまな視線を走らせた。

「なかなかすてきなドレスじゃないの」

「この古くさいドレスが?」キャスリンはつんとして、相手が身にまとっているローズ色のシルクのドレスを意味ありげにまじまじと見た。「長所は体が冷えないことかしら。最近はやりのスタイルはあまり好きになれなくて。ドレスというよりネグリジェみたいでしょう」辛辣な調子でつけ加える。

ヴィヴィアンの顔色が変わり、青い瞳が花火のようにきらめいた。

「お食事にしましょう」モードが唐突に口をはさんだ。

「母さん、お客さまをご案内して」ブレイクが言った。面白がる気持ちと怒りが彼の黒い目のなかでせめぎ合い、ほんの一瞬、面白さが勝った。だがキャスリンの姿を横目でとらえた瞬間、その笑みは消えた。彼の視線が首筋の白い肌をなぞるのを感じて、キャスリンはまるで素手で触れられたような気がした。息苦しくなって唇を開いたそのとき、ブレイクがとつぜん顔をあげ、彼女の顔に浮かんだ表情を目にした。彼の黒い瞳が、まるで火山が噴火するようにかっと燃えあがるのを見て、キャスリンは数時間後に厳しい叱責にさらされることを覚悟した。それでも虚勢を張ってブレイクの目を見つめ返し、ほほえんでさえみせた。自分がメイン料理になるなら、せめて前菜だけでも楽しまなくては。

ダイニングルームの入口でフィリップがすり寄ってきた。「自殺でもしたいのか?」声をひそめて尋ねる。「兄貴はかんかんだ。かわいらしく笑っても許してもらえないぞ」

「革命家は明日のことなど気にかけないものよ」キャスリンはめげずに言い返した。「それに、ブレイクだってわたしを取って食ったりはしないわ」

「そうかな」フィリップが用心深い目で兄をうかがった。

「フィリップ、本気で怖がっているんじゃないでしょうね。血のつながった兄弟じゃないの」

「カインとアベルも兄弟だったよ」

「心配しないで。わたしが守ってあげるから」

「やめてくれ。そもそもなんで、あのドレスをぼくが買ってやったなんて言ったんだ？」

「だって、サインしてくれたわ」

「それはそうだが、買うと決めたのはぼくじゃない」

「むちゃを言わないでよ、フィル。わたしの考えだったなんて言ったら半殺しにされるわ」

「ぼくが半殺しにされるのはかまわないのか？」


キャスリンはにっこりした。「わたしの立場からすればね」声をあげて笑う。「うそよ。ごめんなさい、フィル。本当のことを話すわ」

「そんなチャンスがあればね」フィリップが声をひそめて、兄のいる方向をあごで示した。

ブレイクがヴィヴィアンを席につかせ、次にキャスリンのために椅子を引いた。絞首台に向かうテロリスト並みの堂々とした物腰で、キャスリンは彼の前に進みでた。

「なんてすてきな食事会かしら」席につきながら、わざとらしくつぶやく。

「しかもまだ始まったばかりだ」ブレイクが作り笑顔で応じた。「あとひと言でもヴィヴィアンにいやみを言ったらただじゃおかないぞ」

「始めたのは向こうよ」

「やきもちを焼いているのか？」

キャスリンはさっと顔をあげ、燃えるような目で彼をにらんだ。「彼女に？　まさか。十五歳の子どもじゃあるまいし」

「この集まりがお開きになったら、十五歳だったらよかったのにと後悔することになるだろう」

その声ににじむ激しい怒りを感じて、キャスリンの全身に寒けが走った。なぜまた挑発するようなことを言ってしまったのだろう。最近はブレイクに逆らってばかりだ。キャスリンは自分の無鉄砲さがいやになった。

ディナーは最悪だった。ヴィヴィアンに独り占めされて、ブレイクはほかの誰とも満足に会話を交わすことができなかった。しかもヴィヴィアンは冷ややかな青い目をキャスリンにたびたび向けてきた。まさに身も凍りそうな敵意だった。

「きみは国際親善にあまり貢献していないね」食後の一杯を楽しむために居間へ移動しながら、フィリップがからかった。

「いいのよ。ブレイクがわたしの分まで貢献してくれているから」ブレイクのたくましい腕にしがみつくブロンドの女性に冷ややかな視線を投げつつ、キャスリンは答えた。「彼も趣味が悪いわよね」

「いや、ぼくはそうは思わない」フィリップはヴィヴィアンの優美な後ろ姿をほれぼれと見た。「目の保養になる」

「あらそう？」キャスリンはさげすむように言った。「わたしの目の保養にはなっていないけれど」

「そうむくれるなよ。彼女がここへ来た理由を忘れちゃいけない。ほら、ストライキの件だ」

「わかってるわよ。でもブレイクは覚えているのかしらね。肝心なのは父親のはずでしょう」

「まあ、ある程度はね」

「どういう意味？」

彼女の鋭い視線をフィリップは避けた。「じきにわかるよ。ほら、母さんがきみを手招きしている」

モードはアンティークの額縁をディック・リーズに見せていたが、一礼してその場を離れ、キャスリンを部屋の隅へいざなった。

「あなたったら、またやってくれたわね」ブレイクのいるほうに用心深く目をやりながら、モードが悲痛な声をあげた。「あの子はもう爆発寸前よ。ねえ、キャスリン、せめてひと晩ぐらい従順なふりができない？　リーズ家のおふたりはわが家のお客さまなのよ」

「ブレイクのお客でしょう」キャスリンは無愛想に答えた。

「そうだけど、ここはブレイクの家ですからね。うちの人が全財産をあの子に残したのよ。わたしが浪費してしまわないように」

「そんなことはしないわよ」

モードがため息をついた。「たぶんね。でも、どうなるかわからないわ。ともかく、ブレイクの神経を逆なでするようなまねはやめてちょうだい」

「新しいドレスを買っただけじゃないの」

「そのドレスは大人っぽすぎるのよ、キャスリン。ディナーのあいだ、フィリップの目はあなたに釘《くぎ》づけだったわ。そしてそれを見るたびにブレイクは仏頂面になっていくの」

「フィリップとわたしは血がつながっているわけじゃないわ」

モードが表情をゆるめた。「たしかにあなたたちはお似合いだと思うわよ。でもブレイクが許すはずがない。あの子の意に染まないことはしないほうが身のためよ」

「わたしが誰とデートしても、ブレイクは難癖をつけるでしょう」

モードは何か言いかけたが、考えなおしたらしく言葉をのみ込んだ。「今にすべてが丸くおさまるわ。とりあえず今夜はヴィヴィアンに礼儀正しく接してちょうだい。ふたりによい印象を持ってもらうことが何より重要なのよ。今はそれ以上言えないけれど、わたしを信頼して」

キャスリンはため息をついた。「わかったわ」

モードが彼女の肩を軽く叩《たた》いた。「さあ、ディックのお相手をするわよ。ブレイクはヴィヴィアンに夜のキングスフォートの町を案内するんですって。なぜだか彼女、とても乗り気だったわ」

ヴィヴィアンの魂胆など、キャスリンにはお見通しだった。ブレイクが彼女を連れて振り返りもせずに出ていくと、キャスリンは気分がむしゃくしゃして、高価な唐朝の花瓶を彼の頭に振りおろしてやりたくなった。それでも朝まで顔を合わせずにすむのだと考えて、ようやく気持ちに折り合いをつけることができた。

ディック・リーズは愉快な人物だった。ブレイクと似て一本筋の通ったその人柄に、キャスリンは好感を持った。だが彼は長旅で疲れたと言って、早々に部屋へ引きあげた。モードもあくびをしつつそのあとに続いた。

母の姿が消えると、フィリップがジンラミーの勝負を持ちかけてきた。

「どうせまたこてんぱんに負かすつもりでしょう」

「十点のハンディキャップをつけるから」

「じゃあ……二、三回だけね」しぶっていたキャスリンも最後には折れた。

窓のそばに置かれた小さなテーブルの椅子を、フィリップは彼女のために引いた。「さあすわって。よしよし、いいカモが見つかったぞ……あ、いや、戦いがいのある相手で腕が鳴るよ」

キャスリンはテーブルの反対側から彼に笑いかけた。「なぜブレイクはあなたみたいになれないのかしら」カードを切るフィリップの手もとを見ながらつぶやく。「気さくで楽しい性格に……」

「昔はそうだった。きみが小さかったころは」フィリップが温和な茶色い目をきらめかせた。「兄貴が変わったと思うようになったのは、きみが大きくなってからだよ」

キャスリンは舌を突きだした。「思うんじゃなくて、事実よ！　いつだってがみがみうるさいことを言ってばかりなんだから」

「きみが挑発するからだろう。今夜みたいに」

急な冷気にさらされた花のように、キャスリンの顔がこわばった。「あの女の人、嫌いだわ」

「おたがいさまさ。美しい女性というのは自分以外の美人に敵意を持つものらしいね。でもぼくの見たところ、種をまいたのはきみだ。彼女への態度はお世辞にも友好的とは言えなかった」

キャスリンはしゅんとなった。「そのとおりね」

「ブレイクへの仕返しかい？」

「あなたのお兄さんに対抗できるような有力な武器を、わたしは何も持ち合わせていないから」

フィリップは三枚のカードを順にテーブルに置き、手札を捨てた。「それはみんな同じだ」

カードの束を唇にあてたまま一枚引いたキャスリンは、数字に目をやって額にしわを寄せ、捨て札の山に加えた。「わたしはひとり暮らしをしてもいいと思うの。仕事をすれば家賃だって払えるし」

「どんな仕事をするつもりだい？」

「そこが問題なのよ。フィニッシングスクールでは職場で役立つような技術を何も教えてくれなかったから」キャスリンはぱっと顔を輝かせた。「そうだ、大富豪の愛人になりたいという広告を出したらどうかしら。資格はあると思うの」

フィリップが両手に顔を埋めた。「お願いだから、ぼくがいるところでブレイクにそんな話をしないでくれよ。ぼくがそそのかしたと思われる」

その表情を見てキャスリンは笑いころげた。フィリップは愉快な性格で思いやりがある。口に出しては言わないが、キャスリンは彼が大好きだった。フィリップは理想の兄そのものだ。それなのにブレイクは……そこまで考えてカードに注意を戻した。

いつしかキャサリンは時のたつのも忘れるほどジンラミーに夢中になっていた。あと一枚で勝てると思ったとき、玄関のドアが開く音が聞こえた。

「大変」椅子の上で凍りつき、キャスリンは弱々しくつぶやいた。

「ご帰還のようだね」フィリップが言うのと同時に、おやすみの挨拶をするヴィヴィアンの甲高い声が階段のほうから聞こえてきた。

次の瞬間、居間のドアからブレイクの巨体がぬっと現れた。彼はテーブルの上のカードにちらりと目をやると、椅子の背に上着をかけ、ネクタイをはずして無造作にその上にほうった。

「楽しかったかい？」フィリップが如才なく尋ねた。

その鋭い目は、兄のシャツの襟についた口紅のあとを見逃さなかった。

ブレイクは無言で肩をすくめた。バーカウンターに歩み寄り、自分のためにウイスキーをストレートで注《つ》ぐ。

「さてと、ぼくはそろそろ寝ようかな」兄の機嫌が芳《かんば》しくないことを察して、フィリップが言った。

「おやすみ、おふたりさん」

「わたしももう休むわ」フィリップが電光石火の早さで姿を消すのを見て、キャスリンは腰をあげた。

だが一歩遅かった。ドアノブに手をかけた瞬間、ブレイクの声に引きとめられた。

「ドアを閉めてくれ」

キャスリンはすばやく廊下へ出ようとした。

「内側からだよ」蜂蜜をかけたような甘い声のなかに、かすかだが脅しの響きがまじっている。

キャスリンは深呼吸をして引き返し、後ろ手にドアを閉めた。ドアに背中をもたせかけ、緊張したまなざしでブレイクを見る。

「ドライブは楽しかった？」

「ごまかすな」胸のあいたスリット入りのドレスに包まれた体を、怒りに満ちたブレイクの視線がなぞった。キャスリンはその手で素肌をなでられているような気がした。

「ミスター・リーズはもう寝室に引きあげたわ。感じのいい人ね」彼女は対決の瞬間を少しでも引き延ばそうとした。不機嫌なブレイクはめずらしくもないが、懸命に自分を抑えているような表情を浮かべた今の彼はいつもに増して恐ろしい。周囲に人がいるあいだは強気だったキャスリンも、ふたりきりになるととたんに心細くなった。

「感じがいいのは娘さんのほうも同じだ。普通に接すればわかることだが」

キャスリンは冷たい木のドアに背中を押しあてた。

「わたしに意地悪を言ったわ」

「おたがいさまだろう」ブレイクがグラスを口に運んだ。「ケイト、本当のことが知りたい。そのドレスはフィリップが買ってやったのか？」

キャスリンはふいに敗北感に襲われた。ブレイクに勝つことなどできるはずがない。「いいえ。わたしが自由に使える口座を持っていないから、代わりにサインしてもらっただけよ。お母さんも、ドレスを新調したほうがいいと言ってくれたし」

「ぼくも同じことを言ったが、まさか町の女みたいな格好をするとは思わなかった」

「これが今のはやりなのよ、ブレイク！」

「バリントン家のパーティーのあともきみはそう言っていたね。じゃあ、ぼくもまた同じことを言わせてもらう。そういうドレスはマネキンが着ていても男の血圧を上昇させるんだ。きみが着たら……」彼は口をつぐみ、残りは官能的な黒い瞳に語らせた。

「ヴィヴィアンのドレスはもっと大胆だったわ」たじたじとなりながらも、キャスリンは反論した。

「人のことが言える立場か？　きみの胸はほとんど丸見えじゃないか」

その言葉にキャスリンはかっとなり、緑の目をぎらつかせて彼をにらみつけた。「わかったわよ。もう二度とばかげたドレスを着なければいいんでしょう！　でもわたしの着るものがあなたとどんな関係があるのよ、さっぱりわからないわ」

ブレイクが厚手のグラスを握りしめた。「わからないのか」

キャスリンは細い肩を怒らせた。「ほら、また暴君風を吹かしてる」セクシーなベルベットのドレスを腰のあたりでなでおろし、挑むように顔をあげる。「どうかしたの、ブレイク？　ドレス姿のわたしを見るとどぎまぎするの？　高校の体操服にでも着替えましょうか？」

ブレイクがグラスを置いてゆっくりと近づいてきた。顔はこわばり、目がらんらんと光っている。その意図を察したキャスリンはうろたえて向きを変え、ドアノブに手を伸ばしたが、わずかに遅かった。逃れようとする彼女の手を、ブレイクが乱暴につかんで前を向かせた。

5

まるで別人のような彼の顔を、キャスリンは凝視した。喉がつまって声が出ない。「ブレイク、あなたまさか!」黒い瞳のなかに読みとったものに怯《おび》えて、キャスリンはようやく悲鳴のような声をあげた。

一歩前へ進みでたブレイクが、大きく温かい体でキャスリンの体をドアに押しつけた。腿と腿が重なり、ベルトのバックルがおなかにあたる。むきだしの腕をつかんで彼女の動きを封じると、衣服のこすれる音がした。

「手出しはしないと思うか?」すごみのある声でブレイクが応じ、小さく震える唇を見おろした。

ライオンを思わせる険しい表情が、ありえないほど近くに迫っている。衝撃で言葉を失ったキャスリンの顔を、ブレイクが断固とした力で上向かせて唇を重ねた。

怯えたキャスリンは唇を固く閉じた。身をこわばらせて必死で逃れようとする彼女にブレイクが唇を強く押しつけ、下唇を乱暴に噛《か》んだ。

キャスリンはすすり泣きながら、非情な抱擁に身をゆだねた。自分よりはるかに大人で経験豊富なブレイクの強い欲望を前にして、感じるのは恐怖と衝撃だけだ。これまでの数少ない経験などなんの役にも立たない。相手はブレイクだ。キャスリンに乗馬の手ほどきをし、チアリーディングの練習やサッカーの試合への送り迎えをしてくれた人。そんな腹心の友であり、保護者だった人が、今は……。

とつぜんブレイクが頭を起こしてキャスリンの顔をじっと見た。唇は腫れあがり、頬がひどく紅潮して髪が乱れ、目には傷ついた表情が浮かんでいた。

「痛い……じゃないの」とぎれがちな声でキャスリンは訴えた。目に涙がこみあげる。

ブレイクの顔がいっそう険しくなった。息づかいは荒く、瞳は謎めいた光を帯びている。

「若い肉体を見せつけた報いだ」切りつけるような声で彼が言った。「あれほど警告したのにきみは耳を貸そうとしなかった。これでやっとわかったか」

ところがキャスリンが鼻をすすりあげる音に気勢をそがれたらしい。彼のまなざしがいくぶん柔らかくなった。

「放して。お願いよ、ブレイク」震える声でキャスリンは訴えた。「死ぬまでぼろを着て過ごすと誓うから」

眉根を寄せたブレイクが彼女の腕を放し、キャスリンの頭の両側でドアに両手をついて、わずかに体を引いた。

「怖いのか?」ゆっくりとした口調で尋ねる。

キャスリンは魅入られたようにうなずいた。

切れて腫れあがった彼女の唇を見て、ブレイクがまた顔を近づけた。彼の舌がいたわるように、そしてじらすように唇をなぞるのを感じて、キャスリンはあえいだ。今度は痛みのせいではなかった。

ブレイクが顔を引いてキャスリンの瞳をのぞき込み、好奇心とためらいを見てとった。探るような彼の視線を正面から受けとめたキャスリンは、全身から空気が抜けていくような気がした。心臓が狂ったように打っている。ふいに、彼の頭を引き寄せ、もう一度唇を重ねたいと思った。貪欲な口づけを交わし、たくましい肉体が強く押しつけられる感覚をまた味わいたい。

ブレイクの顔はこわばっていた。その目は輝いたかと思えば暗くなり、今にも爆発しそうだ。ところが急にキャスリンは解放された。ブレイクが彼女の体を押しやり、くるりと向きを変えてバーカウンターへ向かった。ウイスキーのお代わりをつくって長いあいだその場にたたずんでいたが、やがてべつのグラスにブランデーを注《つ》いで戻ってくると、ドアの前で根が生えたように立っているキャスリンにグラスを手渡した。

そして無言のまま彼女の手を取って歩いていき、デスクの端に尻を預けた。その前でキャスリンは緊張した面持ちで、琥珀色《こはくいろ》の液体を口に運んだ。

ブレイクがウイスキーを飲みほしてグラスを置くと、キャスリンの手からグラスを抜きとってその隣に置き、彼女の腰に腕をまわしてやさしく引き寄せた。そのまま上気したキャスリンの顔を長いこと見つめ、重みを増した静寂を破って口を開いた。

「あまり気にするな」子どものころを思わせる声だった。キャスリンの世界が崩壊したとき、やさしく慰めてくれたのと同じ声だ。「やり方は違ったが、これも口論の一種だと思えばいい。もうすんだことだ」

キャスリンは平静を装った。「謝罪の言葉には聞こえないけれど」

「謝罪するつもりはない。きみがまいた種だよ、キャスリン。わかっているはずだ」

「わかっているわ」キャスリンはため息をつき、彼のたくましい胸のラインを目でなぞった。「さっき言ったのは、本気じゃなかったの」

「覚えておくがいい。きつい言葉は男の血をたぎらせる。その気はなくても相手を挑発することになるんだ」ブレイクが彼女の体をそっと揺すった。「聞いているのか?」

「ええ」キャスリンは問いかけるような目で彼を見た。「予想外だったのよ。あなたがまさか……」ふさわしい言葉を探しあぐねて口をつぐむ。

「ぼくたちには血のつながりがないことを忘れるな、ケイト。ぼくはまだ枯れるような年齢じゃない。セクシーなドレスを着た女性を見れば、普通の男と同じように興奮する。フィリップも相当頭に血がのぼっていたはずだ」

「ええ、たぶん。でもフィルだったら、もっとやさしくしてくれたと思うわ」

ブレイクは反論しなかった。大きな手で彼女の顔を持ちあげ、目と目を合わせる。「フィリップとぼくとでは全然違う。ぼくは恋人を甘やかさない。手荒な扱いをしてもいやがらない経験豊富な女性が好みなんだ」

キャスリンは頬を赤く染めた。「あなたの相手をする女性には危険手当でも支払われるの？」皮肉っぽく笑って、血のにじんだ唇にそっと触れた。

ブレイクの唇が上向きの曲線を描き、黒い瞳がきらめいた。まるでふたりのあいだに緊迫した場面などなかったかのように。「ぼくもそれなりの覚悟をしているからね。なかには利息をつけて返してくる女性もいる」

キャスリンは彼の目をのぞき込んだ。なんだか面白くなっていた。「女性が……男性を噛むの？」いかがわしい話をするように、声をひそめて尋ねる。

「そうだ」ブレイクも小声になった。「それだけじゃない。爪を立てて、すさまじい声で叫ぶんだ」

「そういう意味じゃなくて……。もういい。今のは忘れて。どうせからかっているんでしょう。フィリップに教えてもらうわ」

ブレイクが含み笑いをした。「あいつにそんな情熱があると本気で思っているのか？」

キャスリンは肩をすくめた。「彼だって男よ」

「男にもいろいろある」ブレイクが彼女の唇に目をやった。「かわいそうに。痛い思いをさせてしまったね」

キャスリンが体を引くと、彼はすんなり放してくれた。「いいのよ。自分でまいた種だもの。あなたは……いろんな意味で大人なのね」

「きみは青い果実だ。こっちも乱暴するつもりはなかった。ただ、そういうドレスが男のどんな反応を引きだすかを知ってほしかったんだ。ぼくが頭に血がのぼりやすいたちだということは、前にも警告したはずだ」

「冗談だと思っていたのよ」

「これでよくわかっただろう」

「いやというほどね」キャスリンは部屋の出口へ向かった。「買ったドレスは一枚残らず返品するわ」

「ケイト、何を言ってるんだ。そんな必要はない。ただ、胸が深くあいたセクシーなドレスを着てほしくないというだけだ。きみにはまだ早すぎる」

キャスリンはドアのところで上品に振り向いた。「わたしはもう子どもじゃないわ、ブレイク。そうでしょう?」

ブレイクが視線をそらして煙草《たばこ》に火をつけた。

「例の作家はいつ到着するんだ?」

キャスリンはぎくりとして唾をのんだ。「明日の朝だけど」

ブレイクは窓辺に歩み寄り、カーテンをあけて外の様子を眺めている。その広い背中を見ていると、温かく心地よい感触が手のひらにありありとよみがえった。

「また彼を泊めるなと言いだすんじゃないでしょうね」キャスリンは試すように尋ねた。危険な綱渡りをしているというスリルが妙に心を熱くした。

ブレイクは長いこと彼女を見つめていた。「そいつをこの家に滞在させれば、少なくともきみがこっそり家を抜けだして作家の集いとやらに同行するんじゃないかと気をもむことはない。向こうも仕事を放りだしてきみを誘惑せずにすむというものだ」

キャスリンの目がきらりと光った。「あなたじゃあるまいし!」

ブレイクは小さく笑っただけだった。「自慢の胸をひけらかして自分を安売りする前に、ぼくがきみを誘惑しなかったことを思いだすといい。お色気過剰の女の子は好みじゃなくてね。まあ、きみがその範疇《はんちゅう》に入るというわけじゃないが」あざけるように笑って言い添える。「もうすぐ二十一歳の誕生日を迎える女性にしては、きみは未熟だ」

乱暴な扱いより、この言葉にキャスリンは深く傷ついた。「ラリーはそんなふうには思わないわ」

ブレイクが目だけで笑って煙草を口にはさんだ。

「あの程度の経験しかなければ、まあそうだろう」

キャスリンの頭に疑念がわいた。「彼にどの程度の経験があるか、なぜあなたが知っているの？」

ブレイクは長いこと無言で彼女を見ていた。「事前に徹底的な調査もせずに、きみをあの兄妹《きょうだい》といっしょにクレタ島へ行かせたと思うか？」

キャスリンの顔が炎のように赤くなった。「わたしを信用していないのね」

「とんでもない。きみのことは全面的に信用しているさ。だが男は信用できない」尊大な口調だった。

「わたしはあなたの所有物じゃないのよ」自信満々の態度に怒りを覚えて、キャスリンは声を荒らげた。

「またぼくを怒らせる前に、自分の部屋へ行け」

「望むところよ」おやすみなさいも言わずに、キャスリンは居間をあとにした。

その晩はよく眠れず、ブレイクの夢ばかり見た。雷鳴と激しい雨音で目を覚ましたときは、彼のたくましい腕に抱かれて素肌に口づけされる夢を見ていた。きまりが悪くて、朝食にはわざと遅れていった。ブレイクと顔を合わせたら本心を見抜かれてしまいそうで怖かったのだ。

だが、心配は無用だった。キャスリンが階下におりたときにはブレイクはすでに出社していて、朝食のテーブルにいたのはヴィヴィアンだけだった。

「おはよう」ヴィヴィアンが挨拶した。明るい黄色のブラウスとスカートが色白の肌とブロンドを引き立て、とても優雅に見える。ところが白のタートルネックセーターにジーンズというキャスリンの格好に目をやって、彼女は顔をしかめた。「ファッションに興味はないの？」

「ええ、家にいるときは楽なのがいちばんよ」キャスリンは湯気の立つコーヒーにミルクを入れた。

さらにスプーン二杯の砂糖を入れるキャスリンをヴィヴィアンはじっと見ていた。「カロリーも気にしないのね」声をあげて笑う。

「必要ないから」内心のいらだちを隠して、キャスリンは穏やかに答えた。モードとフィリップとディック・リーズはどこで何をしているのだろう。

カップを口に運ぶキャスリンを、ヴィヴィアンは鷹《たか》のような目で見ていたが、下唇のかすかな腫れに気づいてその目がきらりと光った。

彼女がスクランブルエッグの皿に視線を落とした。「ゆうべはブレイクとふたりで長いこと居間に残っていたようね」世間話のような口調で切りだす。

「ちょっと……話があったから」ひっきりなしによみがえる昨夜の記憶に悩まされながら、キャスリンはあいまいに答えた。あれ以来、ブレイクを見る目が否応《いやおう》なく変わってしまった。今では前にも増して彼のことが怖い。唇を押しつけられた瞬間を思い起こすと恐怖が胸に広がり、脈が速くなる。でも、もしあれが怒りからでなく、べつの感情から出たものならばどうなっていただろう。

「今朝はブレイクに会えなくて残念だったわね」ヴィヴィアンが言い、スクランブルエッグとハムを取り分けるキャスリンを妙に用心深い目で見た。「わたしには、朝食をいっしょにとりたいから目覚まし時計が鳴ったらすぐ階下《した》におりてくるようにと言ったのよ」

「それはよかったわね」

うつむいてあいづちを打ったキャスリンは、相手の唇に浮かんだ意地の悪い笑みを見逃した。

「あの人、あなたがおりてくる前に出かけたくてやきもきしていたわ」冷ややかな声でヴィヴィアンが続けた。「ゆうべのできごとをあなたが誤解して深読みしないかと不安だったのね」

フォークがキャスリンの指のあいだをすり抜け、大きな音をたてて陶器の皿に落ちた。彼女は驚愕《きょうがく》の表情で相手の顔を見た。「なんですって？　彼があなたに話したの？」

ヴィヴィアンは眉ひとつ動かさなかった。「もちろんよ。ひどく悩んでいるみたいだったから、わけを聞いたの。すべてドレスのせいよ。ブレイクは男性ホルモンが豊富だから、半裸の女性を見るとつい興奮してしまうのね」

「そんな！」

「彼はすばらしい恋人よね。そう思わない？」ヴィヴィアンが秘密めかした笑みを浮かべた。「ベッドでは精力絶倫で、察しがよくて、刺激的なプレイが得意で……」

キャスリンの顔は真っ赤に染まった。やけどするほど熱いのもかまわずコーヒーを口に流し込む。

「わかっていると思うけれど、二度とあってはならないことよ」ヴィヴィアンがカップの上から冷ややかにほほえんだ。「わたしが父についてここへ来た本当の理由を、ブレイクがなぜあなたに話さなかったのか、これでよくわかったわ。でも……」意味ありげに言葉をにごす。

堅牢《けんろう》で安全だった世界が足もとから崩れていく感覚に襲われて、キャスリンは相手を凝視した。生き埋めにされたように息苦しい。「つまり、どういうこと？」

「ブレイクが黙っているのに、わたしから話すわけにはいかないわ。彼はまだ発表したくないのよ。ご家族のみなさんとわたしが親しくなるまでは」

キャスリンは言葉を失った。そういうことだったのか。ブレイクはついに身を固める決心をし、このブロンドの肉食魚が彼とともに人生の大海へと泳ぎだすことになったのだ。昨夜のできごとのあと、ひょっとしたら……と考えていたのに。キャスリンは表情を閉ざした。ブレイクは昔からずっと兄のような存在だった。昨夜の非情なふるまいは、単に警告を与えるためだったのだ。本人がそう言っていた。深読みしないかと心配していた？　そんな心配はまったくないことを思い知らせてあげなければ。

キャスリンの若々しい顔に広がる落胆の表情を目にして、ヴィヴィアンはカップで笑みを隠しながらコーヒーを飲みほした。「わかってくれたようね」気取った調子で言うと、不安そうに顔を曇らせて続けた。「わたしが話したこと、ブレイクには黙っていてね。機嫌を悪くすると困るから」

「もちろん言わないわ」キャスリンは静かに言った。「おめでとう」

ヴィヴィアンがにこやかにほほえんだ。「わたしたち、仲良しになれるといいわね。ゆうべのことは気にしちゃだめよ。ブレイクは忘れたがっているから、あなたもそうしないと。あれは単なる物のはずみで、なんの意味もないのよ」

もちろんそうでしょうよ。キャスリンは声に出さずに言い返したが、胸のなかには空洞ができていた。無理に明るい笑顔を取りつくろったところにタイミングよく家族が現れ、その後はおしゃべりで悲しみを紛らした。

空港はキャスリンのお気に入りの場所だ。大きな荷物をかかえた明るい笑顔の旅行者を見ると気分が高揚し、それぞれの人生に思いをめぐらせたくなる。

背が高くて脚の長いブロンドの女性が、浅黒い肌をした大柄な男性の腕に飛び込むなり、わっと泣きだした。ラリーの乗った飛行機が到着するのを待ちながら、キャスリンは想像の翼を広げた。あのふたりは喧嘩《けんか》別れをしていたのだろうか。きっとそうだ。男性はもう二度と会えないと思っていたかのように熱烈に口づけし、女性の白い頬には涙がとめどもなく流れている。感情のこもった熱いキスが続くうち、のぞき見をしているような気になって、キャスリンはあわてて目をそらした。あのふたりを包んでいる熱い情熱は自分には無縁のものだ。あそこまで強く異性を求めたことは一度もない。記憶にあるなかでいちばん近いのは、ブレイクに二度目にキスされたときだろうか。胸をうずかせる繊細な口づけは、未経験の肉体から初々しい反応を引きだした。もし三度目のキスをされていたら……。

人の流れが変わったのに気づき、椅子を立って周囲に目をやると、ラリー・ドナヴァンがこちらへ歩いてくるのが見えた。キャスリンは彼の腕に飛び込んで強く抱きしめ、愛情のこもったキスをした。

ラリーの青い瞳が彼女に笑いかけた。もじゃもじゃの赤い髪が無造作に額にかかっている。

「会いたかった?」

キャスリンは大きくうなずいた。「そうでなければ、家族の反対を押しきってこんなに遠くまで車で迎えに来たりしないわ」

「そうだよね。かなりの距離があるんだろう? バスを使うという手もあったんだが……」

「何を言っているのよ」ふたりは手をつないで手荷物受取所に向かった。「家へ向かう前に、チャールストンの町を案内してあげるわ。ブレイクのお客さまも同じサービスを受けたんだから、あなたにもその資格が……」

「お客さんが来ているのかい? ぼくはお邪魔だっ

たんじゃないか？」

「ブレイクは労働組合の幹部とお気に入りの女性の両方のハートを射止めようとしているのよ」キャスリンは辛辣な口調で言った。「向こうの邪魔をしなければ大丈夫。あなたのことはフィリップと母とわたしでお世話するから心配しないで」

「ブレイクって、きみの後見人だろう？」手荷物受取所のターンテーブルから、ラリーが自分の荷物を見つけて取りあげた。

「ええ。遠い親戚よ。彼を含めたハミルトン家の人たちがわたしを引きとって育ててくれたの」ターミナルの外へ出て駐車場へと歩きながら、キャスリンは灰色にかすむ空を指さした。「あいにく観光には不向きな季節ね。朝から雨が降ったりやんだり。家へ着く前に豪雨になるかもしれないわ。低地ではハリケーンをあなどれないのよ」

「低地って、どれくらい低いんだい？」


ウィットに富んだ答えを期待されていることを悟って、キャスリンは親しげに肩をすり寄せた。「上を向かないと通りが見えないくらい」

「冗談好きなところは少しも変わらないね」ラリーが彼女の肩を抱き寄せた。「南部に来られてうれしいよ」

「公害だらけのふるさとから逃げだせたのがうれしいんでしょう」

「公害だらけだって？　メイン州が？」

キャスリンはわざとらしく目をしばたたいた。

「あなたのふるさとは煙突がにょきにょき立っているうえに、町には有害な化学廃棄物が山積みで、川には抗争事件で消されたギャングの死体が浮いているんじゃないの？」

ラリーは陽気に笑い飛ばした。「思い込みもそこまで行くとすごいね」

「あなただってわたしと会う前は、南部の人は白いシーツをかぶって食料品店に買い物に行くし、朝食にはバーボン入りのカクテルを飲むと思っていたんじゃないの？」

「南部出身の知り合いはひとりもいなかったからな」キャスリンの車に向かって歩きながら、ラリーは防戦につとめた。「正直に言うと、南部に滞在するのは初めてなんだ」

「初めて知ることがたくさんあるわよ。たとえば、南部の人の多くはすべての人間が平等だと信じているとか、大部分の人は読み書きができるとか……」

その瞬間を狙い定めたかのように、滝のような雨が降ってきた。キーを取りだすのに若干もたついたものの、ふたりは全身ずぶ濡《ぬ》れになる前になんとか車に乗り込むことができた。

顔に貼りついた髪を払いながら、キャスリンは白いポルシェを慎重にバックさせて駐車スペースを出た。運転が慎重なのは教習所でそう教えられたせいばかりではない。去年の誕生日にこの車をプレゼントしてくれたブレイクから、一週間つきっきりで指導を受けたためだ。若いころグランプリ・レーサーとしてヨーロッパを転戦した経験を持つブレイクの助言には、彼女も素直に耳を傾けた。

駐車場を出たキャスリンは、交通量の多い通りへと車を向けた。

「土砂降りだわ」キャスリンは笑いながら、ワイパーごしに前方に目をこらした。雨粒がすさまじい音をたてて車の屋根に叩《たた》きつけている。ライトをつけても見通しがきかない。

「ぼくを責めないでくれよ。ぼくが雨雲を連れてきたわけじゃない」ラリーも笑っている。

「やんでくれるといいけれど」キングスフォートを経由してグレイオークスへ戻るには二本の橋を渡る必要がある。過去に豪雨による鉄砲水で橋が冠水し、通行不能になったことがあった。

車の流れの切れ目を見つけて、キャスリンはなめらかに車線変更をした。

「椰子《やし》の木だ！」ラリーが興奮して大声をあげた。

「ここを南極だとでも思っていたの？　サウスカロライナの椰子州《パルメットステート》という愛称はだてじゃないのよ。ローカントリーには海岸だってあるんだから」

「ローカントリー？」

「海岸沿いの平野がそう呼ばれているのよ。理由は……土地が低いから。わたしの家があるキングスフォートもそこにあるの。ここから車で一時間半も離れているけれど。飛行機で迎えに来られなくてごめんなさいね。セスナはどこかの部品を交換中で、そのせいでブレイクも自分で車を運転してお客を迎えに行くはめになったの。会社には役員専用ジェット機もあるけれど、今は副社長のひとりがジョージア州の工場視察で使用中だし」

「きみの家族はずいぶん手広く事業を展開しているんだね」

「紡績工場が三つか四つに、縫製工場が五つほど。それだけよ」

ラリーは天井をあおいだ。「それだけ！」

「ブレイクの友人にはもっと大規模な企業を経営している人が大勢いるわ」車は州間高速道路26号線を南下し、ラトレッジ通りに入った。「バッテリー地区を通って、歴史的建造物の多いミーティング通りを案内するわね。雨のなかでも見られたらの話だけれど」

「この町には詳しいの？」

「昔、おばが住んでいて、夏休みはそこで過ごしたから。今でも週末の夜にはよく遊びに来るのよ」

ひとりで来たことは一度もないが、そのことは言わなかった。ブレイクに黙って迎えに来たことも内緒だ。モードとフィリップには反対されたが、ブレイク以外にキャスリンを止められる人はおらず、彼女が出発するとき、彼の姿は見あたらなかった。ヴィヴィアン・リーズの勝ち誇ったような表情が脳裏に焼きつき、キャスリンの自尊心はぼろぼろだった。あの女性と真剣につき合っているなら、ブレイクはキャスリンに指一本触れるべきではなかった。でも、自分がまいた種なのだ。彼にはそう言われたし、キャスリン自身も否定できなかった。なぜそういうことになるのかよくわからないが。

「この町を舞台にして何か書きたいな」

車はバッテリー地区への出口に到着し、チャールストン旧市街へ向かいつつある。まず港に、次いでその反対側に立ち並ぶ風格のある屋敷に目をやったラリーが、興奮して顔を輝かせた。

レンウッド通りの交差点を通り過ぎると、いくぶん雨が弱まってきた。「古い屋敷の歴史には詳しいのかい？」ラリーが尋ねる。

「ある程度はね。ちょっと待って」サウスバッテリー通りを走り抜けながら、キャスリンは優雅な長いポーチをそなえた二階建ての白亜の建物を指さした。「この家が建てられたのは一八二〇年代。地中に椰子材を埋めるという耐震工法は、のちにフランク・ロイド・ライトも採用しているわ。町の大部分が破壊された一八八六年の大地震でも壊れなかった数少ない建物のひとつよ」

「へえ、そいつはすごいね」白い柵で囲まれた上品な屋敷をラリーは振り返って眺めた。

キャスリンは次いでホワイトポイントガーデンを指さした。観光を終えたグループが馬車から降りようとしている。「歴史地区をひとまわりする馬車ツアーがあるのよ。あいにく今日は時間がなくて乗れないけれど。それにこの天気ではね」

ラリーがため息をついた。「家を出るときは、空には雲ひとつなかったのに」

「そんなものよ。左側を見て」車が左折してミーティング通りに入ると、キャスリンは説明を続けた。

「いちばん手前の家はかつて、ミドルトンプレイス庭園を所有するミドルトン一族のものだったの。その隣は二家族が住めるダブルハウス様式で、糸杉材の板壁の内側は煉瓦《れんが》でできているのよ。建てられたのは十八世紀後期」

「建築に詳しいんだね」

キャスリンは革張りのシートにもたれた。「ハッティーおばさんほどじゃないわ。全部おばに教わったの。もう少し行くとラッセル邸という典型的なアダムズ様式の建物が見えてくるはずよ。現在はチャールストン歴史協会の本部になっているの」

やがて視界に入った三階建ての煉瓦と鋳鉄の建物を、ラリーは感心したように見つめた。

「マーケット通りをぶらつく時間があったらよかったわね」キャスリンは残念そうに言って道路に注意を戻した。「広場にはありとあらゆる食べ物の屋台が出て、商店や小さな画廊もあるのよ。でも、今日はもっと家に近いレストランでひと休みしたほうがよさそうね。風が強くなってきたし、雨もまだしばらくやみそうにないから」

「きっと帰りに寄れるよ」ラリーが笑顔でウインクをした。

笑みを返したキャスリンは、ラジオのスイッチを入れて地元局にダイアルを合わせた。音楽に続いて流れてきた天気予報を耳にすると、彼女は表情を暗くした。チャールストン付近の川だけでなく、キングスフォート周辺にも鉄砲水の警報が出ている。

ラトレッジ通りへ戻りながら、彼女はラリーの反応をうかがった。「それほど空腹じゃなければいいんだけど。橋が冠水する前に家へ帰らないとまずいわ」

「なんだか冒険みたいになってきたね」真剣な顔つきでハンドルを握るキャスリンを見て、ラリーが小さく笑った。

「ええ、本当に。おなかはすいていない？」キャスリンはやんわりと質問をくり返した。

「それより、よく冷えたシュリンプカクテルに惹《ひ》かれるな」

「家に着いたらミセス・ジョンソンにつくってもらいましょう。ブレイクの大好物だから、材料はいつも冷凍保存してあるのよ」

ラリーは窓の外に目をやり、商店の明かりや車のライトに照らしだされた灰色の空を見あげた。「風にあおられて並木が低くしなっているよ」

「ハリケーンのとき、地面すれすれまでしなっている木を見たことがあるわ。悪くしたら今回もそれぐらいの暴風になるかもしれない。時間の余裕があればどこかで車を止めて家に電話をかけるんだけど、今はそんな危険を冒す気になれなくて」

「運転手はきみだ。まかせるよ」

キャスリンは苦笑した。もしブレイクがここにいたら、すぐに運転を代わってくれたはずだ。だが比較するのは酷だし、婚約したも同然のブレイクのことを考える資格は自分にはない。それでも、帰宅後の彼の反応について考えずにはいられなかった。フィリップが指摘したとおり、ブレイクは激怒すると周囲に誰がいようとおかまいなしだ。

キングスフォートに到着しても雨はやまなかった。ときおりラリーがかけてくれる〝大丈夫だよ〟という言葉は気休めにしかならず、キャスリンの胸は不安でいっぱいだった。小型のスポーツカーは性能とデザインこそ優れているものの、道路にできた深い水たまりを走り抜けるには軽すぎる。一度などはセンターラインの上でスリップして、あやうく郵便ポストに激突するところだった。なんとか衝突は回避したが、それ以後はいっそう恐怖心が増した。

そんな内心の怯えを悟られないように、キャスリンは歯を食いしばって運転を続けた。ブレイクさえいてくれたらという思いがますますつのる。

最初の橋が近づいてきた。キャスリンは身を乗りだして豪雨のなかで目をこらし、橋がまだ通行可能かどうか見定めようとした。

「どんな様子？」ラリーが尋ねた。「まだなんとか行けるんじゃないか……ほら、通れるよ！」

「そうね」キャスリンはほっと息を吐きだした。車の速度を落として川の水位を確認する。水はすでに川岸を越えて、橋との差はわずか数センチだ。あと二、三分したらどうなるか……。橋を渡ることだけに意識を集中して、それ以外のことは考えないようにした。

「次の橋までは遠いのかい？」

「三十キロぐらいかしら」キャスリンは緊張のにじむ声で答えた。口にこそ出さないが、相手も同じことを考えているのがわかる。数分の差が、渡れるか渡れないかの分かれ目になりうるのだ。

道路に車の姿はほとんどない。途中ですれ違ったのは二台きりで、そのうちの一台は州警察の車両だった。

「こんなことは言いたくないけれど」ラリーが抑えた声で切りだした。「もし次の橋が渡れなかったらどうなる？」

からからに乾いた唇をキャスリンは舌で湿した。「キングスフォートまで引き返して、ひと晩ホテルに泊まるしかないわね」ブレイクは怒りを爆発させるに違いない。「でも水位はそこまで上昇しないわ。きっと通れるわよ」

「ちなみに」もの問いたげな目でラリーが尋ねた。「きみの後見人は怒ると見境がなくなるタイプ？」

キャスリンは答えずにハンドルをきつく握った。

橋のたもとまで来たとき、最悪の予想が現実になった。二名の制服警官が道路封鎖の看板を立てていた。

る。

警官のひとりが近づいてきたのを見て、キャスリンは窓をあけた。警官は礼儀正しく帽子に手をあてて会釈した。「すみませんが、キングスフォートへ引き返してください。橋が冠水して通れません」

「でも、グレイオークスへ通じる道はここだけなんです」何を言っても無駄だと知りながら、キャスリンは力なく抗議した。

制服警官がすまなそうにほほえんだ。「ハミルトン家のお屋敷ですね。たしかに道はここしかありませんが、川の水位が下がるまでは通れませんよ」

キャスリンはため息をついた。「それならキングスフォートへ戻って家に電話しないと……」

「あいにくそれも無理ですね。電話も不通なんです。とにかく荒れた天気でしたから。何かお役に立てるといいんですが」

「いいえ、けっこうです。どうもご親切に」

キャスリンは窓を閉めてしばらくじっとしていたが、車の向きを変えて、キングスフォートへ引き返しはじめた。

「こんなことになってすまない」ラリーがそっと言った。

「何を言っているのよ。大丈夫。家へ帰るのが少し遅くなるだけだから」

青ざめた彼女の顔を見てラリーが申しでた。「彼にはぼくから説明するよ」

キャスリンは黙ってうなずいたが、勇敢な笑みの下では校長室に呼ばれる生徒のように怯えていた。ブレイクが理解してくれるとは思えない。彼の怒りが解けるまで川の水が引かないことを真剣に願った。

6

キングスフォート・インの正面でキャスリンは車のエンジンを切り、ハンドルをきつく握ったまま、しばらくじっとしていた。

「できるだけのことはしたわ」彼女は陰気な顔で、心配そうなラリーの青い目を見返した。「どんな罰を受けても、保険に入っているから大丈夫」

「まさか、そこまでは怒られないだろう?」

キャスリンは深々と息を吸い込んだ。「許しを得ずにあなたを迎えに来たのよ。もういい大人なんだから、いちいちおうかがいを立てる必要はないとわたしは思うんだけれど、ブレイクの考えは違うの」

ハンドルの上のしなやかな手を、ラリーがやさしくなでて笑顔で約束した。「ぼくがきみを守るよ」

キャスリンは笑みを返すことができなかった。ラリーがブレイクから女性を守るのは、逆立ちしても無理だ。

雨はまだ降っている。キャスリンは頭の上にレインコートをテントのように広げてホテルの入口へと急いだ。走っているうちに妙に気持ちが高揚して、笑いが止まらなくなった。日よけの下でひと休みして呼吸を整える。

「ここは町でただ一軒のホテルなの。じろじろ見られると思うけれど知らんぷりしてね。知り合いがいても気づかないふりをしないと」

「心配しすぎだよ。キングスフォートはそんなに小さな町じゃない」

「ええ、たしかに。でも世界的繊維衣料メーカーの本部があるのよ。その身内ともなれば有名人だわ」

「そうだったね。ごめん」

「いいのよ。じゃあ、なかに入りましょう。荷物はあとで運べばいいわ」

彼女のあとについてラリーも絨毯《じゅうたん》敷きのロビーに足を踏み入れた。「きみは着替えを持っていないだろう。どうする？」

「なしですませるしかないわね。あるいは……」キャスリンの声がとぎれ、みるみる顔が青ざめた。

ラリーが困惑顔でその視線を追う。彼女が食い入るように見つめているのは、窓際の肘掛け椅子で新聞を広げている大柄な男性だ。かなり前からそこにすわっていたらしく、疲労が顔に表れていた。遠目でも威圧感のある人物だとわかる。男性は新聞を置いて立ちあがると、ゆっくりと近づいてきた。

その正体は尋ねるまでもなくラリーにもわかった。キャスリンの顔は不安でこわばっている。「ブレイクだね？」彼は小声で確認した。

キャスリンは緊張してベージュのスラックスに指を食い込ませている。言葉が出てこなかった。

ブレイクが両手をポケットに突っ込んで彼女の正面に立った。顔にはなんの表情も浮かんでいない。「家へ帰るぞ。用意はいいか」

「どうしてここだとわかったの？」キャスリンは蚊の鳴くような声で尋ねた。

ブレイクの黒い瞳が彼女の顔をさっとなぞるように動いた。「ラッシュアワーのニューヨークだろうと見つけてみせる」静かな声で言う。

その厳しい視線が自分に向けられると、ラリーは逃げだしたくなった。豊かな読書体験を通してあらゆるタイプの人間に出会ってきたつもりだったが、この男はどの範疇《はんちゅう》にも属さない。たくましい胸と腕を強調する赤いニットのシャツや、筋肉質の腿に貼りつく茶色いスラックスと同じように、威厳のオーラが全身を包んでいる。

「ラリー・ドナヴァンだな？」切りつけるような声

でブレイクが尋ねた。

「は、はい、そうです」ラリーは無力な子どもに戻ったような気がした。ブレイク・ハミルトンには人を威圧する何かがある。その彼に好ましい第一印象を与えられなかったことは、言われなくてもわかっていた。

「橋が冠水したのよ」キャスリンは小声で弁解した。

「知っている」ブレイクはふたりについてくるように合図して、出口へ向かって歩きだした。

「わたしの車はどうするの？」

「ロックして置いておけばいい。川の水が引いたら誰かに取りに来させる」

キャスリンは途方に暮れたようにラリーの顔を見た。彼はうなずき、ホテルの日よけの下で立ちどまった。「ここで待っていてくれないか。スーツケースを降ろして、ついでに車をロックしてくる」

キャスリンはみじめな気分で、寒さに震えながらブレイクの隣に立った。

「なぜだ？」ブレイクが尋ねた。

取りつく島のないその口調に、キャスリンは泣きたくなった。「たいした距離じゃないもの」

「ハリケーン警報が出ていたんだぞ」ブレイクが一喝して、爆発寸前の鋭いまなざしを投げかけた。

キャスリンは目をそらして弱々しい声で尋ねた。

「どうやって家に帰るの？」

「本来なら、きみたちふたりには歩いて帰ってもらうところだ」ブレイクが冷ややかに答えて、濡《ぬ》れた道路を行きかう車を見つめた。

彼女はびしょ濡れのスニーカーに目をやり、またブレイクに視線を戻した。彼はシャツとズボンに薄手の上着という軽装で、レインコートも着ていない。

「傘は持っていないの？」

通りを見つめたままブレイクが肩をすくめた。

「探している暇がなかった」怖い顔でキャスリンを

にらむ。「きみがどこにいるのかと気をもみながら、いつからここで待っていたと思う？」

キャスリンはおそるおそる彼の袖に触れた。「ごめんなさい、本当に悪かったわ。電話をかけたかったんだけれど、時間を無駄にするのが怖くて……」

そのときふいに、ブレイクの顔に以前はなかったしわが刻まれ、目も充血していることに気づいた。

「わたしのこと、本気で心配してくれたの？」

大きな手が近づいてきて、乱暴だが愛情あふれるしぐさで彼女の髪をくしゃくしゃにした。「きみはどう思う？」キャスリンの瞳を見つめるその顔からは険しい表情が消えていた。「心配で頭がどうにかなりそうだったよ、ケイト」感情のこもった声でささやかれて、彼女は天にものぼる心地だった。

「ブレイク……」

「お待たせ！」スーツケースを手にしてラリーが戻ってきた。「車はロックしてきたよ」

キャスリンは胸の前で腕を組み、平静な表情を取りつくろった。「どうやって川を渡るの？」ブレイクに尋ねる。

「ヘリコプターをチャーターした」ブレイクが皮肉っぽく笑ってみせた。

キャスリンは会心の笑みを浮かべた。どんな難題も、ブレイクにまかせれば一発で解決だ。

悪天候をついて出かけたキャスリンの無事をモードとフィリップも案じていたが、これほど大ごとになるとは予期していなかった。ふたりは彼女が家へ帰り着くまでの苦労話に熱心に耳を傾けたが、ヴィヴィアンは肩をすくめただけだった。そんなことより、初対面の男性の関心を引きつけるほうが大事なのだろう。しきりにつけまつげをぱちぱちさせる様子を見て、キャスリンは意地悪な感想を抱いた。ヴィヴィアンはあいかわらずブレイクにべったりで、ふたりが婚約寸前なのだと思うとキャスリンの胸は痛んだ。ブレイクは本気でキャスリンの身を心配してくれたが、それは後見人だからであって、それ以上の意味は何もない。

「今夜はやけに静かだね」フィリップが話しかけてきた。ほかのみんなは音楽室でヴィヴィアンのピアノ演奏に耳を傾けている。彼女の素人離れしたテクニックはキャスリンも認めざるをえなかった。自分でも多少はピアノをたしなむラリーなど、うっとりして聴き入っていた。さんざんな午後を過ごしたキャスリンはそれ以上耐えられなくなり、そっと廊下へ出た。そしてひと気のないキッチンでコーヒーを注《つ》いでいるところへ、フィリップがあとを追ってきたのだ。

華奢《きゃしゃ》な手にカップを握りながらキャスリンが椅子にかけて脚を組むと、ベージュのシルクのドレスがさらさらと音をたてた。

「そのドレス、いいね」フィリップがテーブルの端にちょこんと尻をのせた。「それもあの店で買ったやつかい?」

キャスリンは笑顔でうなずいた。「ラリーもほめてくれたわ」

「ラリーはいいやつだ。そばにいると、自分が立派な大人になったように思える」

「何それ?」

「だって、若いじゃないか」フィリップがさらりと言い、カップごしに彼女を見た。

「そこを突かれると弱いわ」

フィリップが声をあげて笑った。「彼と並ぶと兄貴がいつも以上に強大に見えるよ」笑みが消え、真顔になる。「大目玉を食らったかい?」

キャスリンは首を横に振った。「それが、意外なことに叱られなかったの。無断で出かけたりして悪いことをしたわ」

「アトランタにいたブレイクに連絡してことの次第を説明すると、兄貴は危険をものともせずに飛んで帰ってきた。そのころきみはすでに帰途についていたから、州警察にきみのあとを追わせたんだ」

キャスリンの顔から血の気が引いた。「知らなかったわ」

「きみが着く三十分以上も前から兄貴はホテルで待っていたんだ。一刻一刻、祈るような気持ちでね。道路が冠水すると小型車は危険だ。兄貴が怒りを爆発させなかったのは驚きだね。かなり頭にきていたはずなのに」

キャスリンはカップのなかのコーヒーを見つめた。「そうよね。わたしもひどく叱られるものと覚悟していたの」そもそも朝食の席でヴィヴィアンからあんなことを聞かされなければむちゃなまねなどしなかったのだが、それをフィリップに話すわけにはいかない。「ばかだったわ」

「無鉄砲なだけさ」彼が訂正した。「いつになったらブレイクに盾つくのをやめるんだ？」

「彼が干渉をやめてくれたら」

フィリップが頭を振った。「そいつはずいぶん先の話になりそうだ」

朝の光をふんだんに浴びたグレイオークスは実に美しい。ラリーと並んで馬の歩みを止めたキャスリンは、敷地全体をうっとりと眺めた。

「春はもっとすてきなのよ。ありとあらゆる花が咲き乱れて、それはきれいなんだから」

「目に浮かぶよ」乗馬服に包まれたキャスリンのほっそりした体にラリーが視線を走らせた。「馬に乗っているときのきみは実にリラックスしているね」

キャスリンは黒い雌馬のたてがみをなでた。今朝はサンダンスの元気がなかったので、代わりにこの馬を連れだしたのだ。「年季が入っているから。ブレイクが乗馬の手ほどきをしてくれたのよ」笑いながらつけ加える。「どちらにとっても過酷な体験だったわ」

ラリーが手綱に視線を落としてため息をついた。

「ぼくは嫌われている」

「ブレイクに？」キャスリンは彼と目を合わせるのを避けた。「気難しい人だから」本当はそれだけの理由ではないことをよく知っていた。

「この家に長居するなら、鎧《よろい》を一式準備するところだよ。まるで人を愚弄するような態度ばかりとるんだ」

「今は労働組合の問題でいろいろ大変なのよ。ディック・リーズと打開策を模索しているの」

ラリーが小さく笑った。「交渉相手は父親ではなく娘のほうに見えるけれどね。それにしても彼女は魅力的だ。おまけに才能もあるし」

キャスリンは無理に笑みを浮かべた。「ええ、本当に」

「あのふたり、婚約しているのかい？ 秘密の計画でも進めているみたいな空気を感じるんだが」

「たぶんそうなんでしょう。さあ、戻るわよ、ラリー。朝食が二度手間になるとミセス・ジョンソンのご機嫌を損ねるから」キャスリンは雌馬の向きを変えて、家まで一目散に走らせた。

持ちだしてほしくない話題だった。ふたりが婚約しているのは間違いない。わからないのはブレイクがそれを秘密にしている理由だ。考えるとキャスリンはむしゃくしゃしてきた。しかもブレイクはあの晩のできごとをヴィヴィアンに話したのだ。それだけは絶対に許せなかった。さらには、あのキスの意味をキャスリンが深読みするのではないかと案じるなど、うぬぼれるにもほどがある。昨日はあまりに心配そうな彼の表情を見て、そのことが頭から消えていたが、こうして危険が去ると、激しい怒りが込みあげてくる。ブレイクったら！

雌馬の黒いたてがみに上体を傾けて疾走しながら、彼女は自分自身に言い聞かせた。キャスリン・メアリー、あなたに必要なのは自分のお城よ！

厩舎《きゅうしゃ》に着いて馬をおりたキャスリンは、ラリーが追いつくのを待って、ふたりして母屋へ向かった。

朝食のテーブルについているのはブレイクとヴィヴィアンだけだった。キャスリンはラリーと仲よく腕を組んで、映画スター顔負けの晴れやかな笑顔でそこに加わった。

「朝の乗馬はなんて気持ちがいいのかしら」ため息まじりにつぶやきながらキャスリンは席につき、横目でヴィヴィアンを見た。「馬はお好き？」

「生理的に受けつけないのよ」ヴィヴィアンが答えて、むっつり顔のブレイクに笑いかけた。

キャスリンは緑の目をきらりと光らせたが、言い返すのは控えた。

「実に立派なお屋敷ですね」たっぷりと盛られた大皿からベーコンと卵を取り分けながら、感心したようにラリーが言った。「これだけ広大な敷地を美しく保つには何人の庭師が必要ですか？」

「園丁は三人よ。そうよね、ブレイク」モスリンのドレスに包まれた肩を彼にくっつけるようにして、ヴィヴィアンが代わりに答えた。

出しゃばりの彼女に、キャスリンはスクランブルエッグをぶつけたくなった。そんな表情を誰にも見られないように、あわてて下を向く。

「ぼくの両親の家の庭はこちらの四分の一ほどの広さで、東屋《あずまや》もありませんが、父はバラの栽培が趣味なんですよ」

ブレイクが煙草《たばこ》に火をつけて椅子の背にもたれ、射るような目でラリーを見た。「きみも花を育てるのか？」辛辣な調子で尋ねる。

「ブレイクったら！」キャスリンは抗議の声をあげた。

ブレイクは彼女のほうを振り向きもしなかった。無遠慮な視線を投げかけられたラリーが真っ赤になった。おおらかな性格ながら負けず嫌いなところのある彼に、ブレイクはわざと無礼な発言をして怒らせようとしているかのようだ。

「どうなんだ？」ブレイクが執拗《しつよう》に答えを迫る。

ラリーが静かにカップを置き、硬い口調で答えた。

「ぼくは作家です、ミスター・ハミルトン」

「本のテーマは？」間髪をいれずに次の質問が飛んできた。

「思いあがった冷血漢、ですかね」

ブレイクの黒い目が危険な光を放つ。「あてこすりのつもりか？」

「おや、思いあたるふしでもあるんですか」ラリーが冷ややかな目をして反撃に出た。

「やめて！」キャスリンが叫んだ。立ちあがってナプキンをテーブルにほうる。下唇が震えていた。「ブレイク、やめて！　最初からラリーをいじめてばかりじゃないの！　どうしてそんな……」

「静かにするんだ」ブレイクが冷淡に言った。

平手打ちされたかのようにキャスリンは唇を閉じた。「あんまりよ、ブレイク」震え声で訴える。「ラリーはお客さまなのに」

「ぼくの客じゃない」

「そのとおりだ」すでに立ちあがっていたラリーが荒々しい声で言うと、キャスリンのほうを向いた。「荷造りをするからきみも来てくれ。話がある」

彼が出ていったあと、キャスリンはドアの前で振り向いてブレイクをにらみつけた。「ラリーが出ていくなら、わたしもいっしょに行くから」

「できるものか」危険なものをはらんだ静かな声でブレイクが応えた。

「見ていいるがいいわ」涙で喉をつまらせながら、キャスリンは走り去った。

キャスリンがどんなに頼んでもラリーの気持ちは変わらなかった。記録的な速さで荷造りを終えた彼が廊下へ出てタクシーを呼ぼうとしていたところへ、ディック・リーズが現れた。

「ヴィヴィアンがチャールストンで買い物をしたいと言っているんだ」穏やかな笑顔で彼は切りだした。「川の水位は下がったからもう危険はない。フィリップが車で連れていってくれるそうだから、きみもいっしょに行くといい。空港で降ろしてあげるよ」

「それはどうもご親切に」ラリーが礼を言って、キャスリンの頬に軽くキスをした。「ごめんよ。きみのことは大好きだけど、きみの後見人には我慢ならない」

キャスリンは表情をこわばらせた。「こんな結果になって残念だわ。ミッシーによろしく伝えてね」

ラリーはうなずいた。「さよなら」

歩み去る彼の姿を見つめながら、キャスリンは胸にぽっかりと穴があいたような気分だった。すべてがあっという間のできごとだった。あまりの急展開に頭がついていかない。ブレイクのふるまいはあまりに理不尽だ。彼は最初からキャスリンとラリーの友情を壊そうとしていた。でもなぜだろう？　彼にはヴィヴィアンがいる。キャスリンの恋人にやきもちを焼く必要などないはずだ。今の彼女はブレイクに憎しみしか感じなかった。どうにかして彼の支配から抜けださなければ。

一行が出発するまでキャスリンは自分の部屋に隠れていた。ブレイクの姿は見あたらない。きっとみんなと出かけたのだろう。モードにはいっしょに行こうと誘われたが断った。ラリーとブレイクが同乗している車内に閉じ込められるなんて耐えられそうになかったからだ。

湿り気を帯びた生け垣のあいだを抜けて東屋へ向かった。前日の豪雨で草木はまだ濡れているが、白い格子で囲ってある東屋のなかは空気がからっとしていて居心地がよかった。

キャスリンはフラシ天のクッションに腰をおろし、玉石敷きの小道の先にある手入れの行き届いた庭園を眺めた。春のにぎわいには及ばないものの、華やかなバラが秋の庭に色どりを添えている。彼女は目を閉じて白バラのかぐわしい香りを吸い込み、真夏を思わせるさわやかなそよ風に身をゆだねた。

「すねているのか？」

ぶっきらぼうな声に驚いて、キャスリンは飛びあがりそうになった。目をあけると、吸いかけの煙草を手にしたブレイクが入口に立っていた。朝食のときと同じ黄色いニットシャツにベージュのスラックスという格好で、不機嫌そうな顔もそのままだ。

彼にしかめ面を返したキャスリンは、乗馬ズボンに包まれた脚を体の下に折り込んで、白いセーターの裾を引っ張った。「あんな意地悪をしておいて、まだ足りないの？」

ブレイクが片方の眉を吊《つ》りあげた。「ぼくが何をした？　帰れと言った覚えはない」

「ええ、自尊心のある人間なら出ていかずにはいられないように仕向けただけよね」

彼は無頓着に肩をすくめた。「いずれにせよ、たいした問題じゃない」

「あなたにとってはそうでしょうよ。あなたの恋人はまだここにいるんだから」

「ああ。たしかに」

「当然よね。あなたのお客さんだもの」

ブレイクは東屋に入ってくると、キャスリンの正面で立ちどまった。「ぼくを怖がるような男が好きなのか？」

キャスリンはさっと彼の目をにらんだ。「いいえ。あなたをやっつけてくれる人がいいわ」

茶化すような笑みがブレイクの口の端に浮かぶ。

「どうやらまだ運に恵まれていないらしいな」

ジャック・ハリスをはじめとする覇気のない男たちを思い起こして、キャスリンは目をそらした。

「なぜみんなと出かけなかったの？　ヴィヴィアンはラリーのことが気に入ったみたいよ」

「ヴィヴィアンの好みとぼくの好みは違う」

キャスリンは自分が敷いている深緑色のクッションに視線を落とし、こわばった指で模様をなぞった。

「どうしてラリーを出ていかせたの？　彼に何かされたわけでもないのに」

「そうかな」ブレイクが吸い終えた煙草を玉石敷きの小道に投げ捨てた。くすぶっていた先端が露《つゆ》に濡れてじゅっと消えた。「あいつは、あの豪雨のなかできみにハンドルを握らせたんだぞ！　両脚を折ってやればよかった」

キャスリンはぽかんと口をあけた。「だって、あれはわたしの車よ。運転を代われなんて失礼なこと、言えるわけがないわ」

「ぼくになら言えたはずだ。そもそも、もしぼくがいたら、きみをチャールストンへは行かせなかった」

こらえきれずにキャスリンは頬をゆるめた。家へ向かう道々、彼女も同じことを考えていたのだ。

「あなたがいてくれたらと思った瞬間が、たしかに何度かあったわ」

返事はなかった。顔をあげると、ブレイクが妙に張りつめた表情をしていた。

「何も心配することはなかったのよ」ふたりのあいだに新たな緊張が生まれたのを意識して、キャスリンは言い添えた。「車の運転はあなたが教えてくれたんですもの。忘れたの？」

「忘れようにも忘れられないのは、愚かな若者のせいできみの命が危険にさらされたという事実だ。もしきみに何かあったら、あいつを生かしてはおかなかった」

淡々とした口調だったが、その言葉は絶叫するのと同じくらいの衝撃をもたらした。

「なんて過激なことを言うの」キャスリンは引きつった笑い声をあげた。

ブレイクの顔に笑みはなかった。黒い目が細くなり、鋭く射抜くように彼女を見る。「きみのこととなればいつだって過激になる。今ごろ気づいたのか？」

その言葉と、そこに込められた思いの強さに打たれて、キャスリンは無言で彼の顔を見つめた。彼女の唇がかすかに開き、瞳がやさしい光を帯びる。

彼女のすわっているベンチの背にブレイクが片手をついて、その柔らかい唇を見つめた。清潔で男らしい石鹸《せっけん》とコロンの香りが、そして肌のぬくもりがキャスリンに感じられるほど、ふたりの距離は近づいた。

「ブレイク」魔法にかかったようになって、キャスリンはささやいた。

ブレイクが顔を寄せてそっと唇を重ねた。ぞくっとする感覚に脈拍と呼吸が速まる。彼が頭を起こすとキャスリンは手を伸ばして、セクシーなカーブを描く男らしい唇をおそるおそる指でなぞった。風のささやきとはるかな鳥の鳴き声のほかには何も聞こえない静寂の世界で、ふたりの熱い思いが揺れた。

唇をなぞる彼女の指を、ブレイクが口に含んだ。細い指に沿って舌の先がゆっくりと移動する。彼の瞳をのぞき込んだキャスリンは、そこに興奮の色を見てとった。

上気した彼女の若々しい顔をブレイクが無言で見

つめた。「立ってくれ、キャスリン。全身できみを感じたい」

夢遊病者のようにキャスリンが彼の言葉に従うと、その体をブレイクは引き寄せた。腿と腿が密着し、壁のような厚い胸に柔らかいふくらみが押しつけられる。

ブレイクが親指で彼女の唇をなぞりながら、記憶にとどめようとするようにじっと見つめた。「怖いかい?」いつもと違うかすれた声で問いかける。

キャスリンは首を横に振り、飢えにも似た強い欲望を瞳にたたえて見つめ返した。「この前は……」

「この前みたいにはならない」ブレイクが荒い息を吐いた。「ああ、ケイト……」彼が唇を重ねると、キャスリンの柔らかな口がものほしげに開いた。

ほっそりした腕を相手の首に巻きつけて、キャスリンは熱心にキスを返した。彼の望む女になれることを示したかった。

ブレイクは大きな手を彼女のうなじにあてて豊かな髪にからませながら、貪欲な口づけで唇をさらに開かせた。しだいに大胆になる愛のしぐさに、キャスリンは無我夢中になった。ふと気づくと、背中にまわされた彼の手がセーターの下にもぐり込んで、なめらかな素肌を愛《いと》しげになでていた。

「ブラをつけていないのか?」唇を重ねたままブレイクが尋ねた。口の動きで笑っているのがわかる。

遠慮のない問いかけにキャスリンは赤面し、背中からわきに移動してきた彼の手をさっとつかんだ。

「もう、ブレイクったら……」

ブレイクが小さく笑って手を引っ込め、その手をセーターにおおわれたウエストに置きなおした。

「怖くないと言ったじゃないか」

キャスリンは目を伏せて広くたくましい胸を見つめた。「わたしをからかうのがそんなに楽しい?

こういうことに不慣れなのはわかっているくせに」

「もちろんわかるさ」ブレイクはやさしく笑った。「そうでなければ、キスしてきた男に自分からべったり貼りついたりしないよ。十年前のぼくだったら、引き返せたかどうかわからない」

キャスリンはびっくりして顔をあげた。「でも映画では……」

「映画のキスシーンは、登場人物も状況もすべて作り物さ。これが現実だ」ブレイクが彼女の手を取ってシャツの襟口に導き、温かい素肌に触れさせた。力強い鼓動が伝わってくる。「わかるだろう？　きみといると、全身の血が氾濫寸前の川みたいになってしまう」

彼の黒い瞳と深みのある声にキャスリンはうっとりとなった。硬く盛りあがった筋肉の感触が心地よく、指を引っ込める気になれなかった。ふいに、ブレイクが恋人のジェシカといちゃついていたあの晩の情景が記憶の縁によみがえった。

そんな心の動きをブレイクは読みとったらしい。とつぜん彼女の両手をつかむとシャツの下に差し入れ、たくましい胸全体に触れさせた。厚い毛におおわれた素肌の感触に、キャスリンの指は震えた。

「こんなの……初めてよ」自分のなかに芽生えた新たな欲望に恐れともあこがれともつかないものを感じながら、キャスリンはささやいた。「触れてみたいと思ったこともなかったわ。これまでは」

乱れ気味の熱い息を吐きながら、彼の唇がキャスリンの額をかすめた。彼女の指は盛りあがった筋肉を心のおもむくままに探索している。

キャスリンは顔をあげて彼の目を見た。「ブレイク……わたし、なんだか……」

ブレイクがその唇にそっと指を押しあてた。「何も考えずにキスしてくれ。言葉はいらない」彼の唇にやさしく繊細に口をふさがれ、キャスリンは小さくうめいた。

爪先立ちになって、濃厚なキスにうながされるまま唇を開く。背中を這《は》いまわっていた彼の手がわき腹に達するのを感じたが、今度は止めなかった。

それでも引きしまった乳房の下側を親指でなぞられた瞬間、思わず身をこわばらせた。

「大丈夫だから、じっとして」唇を合わせたまま彼がささやく。

好奇心とかすかな恐怖に、キャスリンは大きく目を見開いた。「わたし……初めてだから」

「触れられるのが？　それともぼくに触れられるのが？」

「両方よ」

彼の指がさらに上へ移動し、硬い先端を見つけてそっと愛撫《あいぶ》した。次の瞬間にはベルベットのようなふくらみを手のひらに収めてやさしく力を加えた。

「感じるかい、ケイト？」深く甘い声で彼が尋ねる。

「気持ちいい？」

キャスリンは彼の胸に爪を立てて低くうめいた。

「こんなこと……いけないわ」

「そうだ、いけない。やめてほしかったらそう言うんだ、ケイト。やめてと言ってごらん」

「言えるものなら言っているわ」彼女はささやき声で答えた。キャスリンの閉じたまぶたに、鼻の頭に、高い頬骨にキスしながら、ブレイクは愛撫する手を休めようとしない。興奮の波が体内を駆けめぐる。やさしくついばむようなキスを続けざまにされると、キャスリンは叫びだしたくなった。

「なんてかわいいんだ」ブレイクの声はかすれていた。「どこに触れても、ため息みたいに柔らかい」

キャスリンは彼の胸の毛に指をからめた。「想像していたのよ。どんな感じなんだろうって。あなたとジェシカがふたりきりでいるところを見たあの晩からずっと……」

「知っている。きみの目を見ればわかる。ぼくも同じことを考えていたから、胸がかきむしられる思いがしたよ。でもきみはあまりに若くて……」

キャスリンは乱れがちの息を吐いて、経験豊富な彼の手に若い体を押しつけた。「ブレイク……?」ねだるような声になる。

「どうしてほしい?」ブレイクが燃えるような瞳で彼女を見つめた。「遠慮はいらない。さあ言うんだ。どうしてほしい?」

これまで知らずにいた欲情にキャスリンの体はうずいたが、それをどう言葉で表現すればいいのかわからない。まさに未知の感覚だった。

「言葉では言えないわ」苦しげなささやき声で訴えた。「ブレイク……お願いよ……」

ブレイクは無言のまま彼女の体を持ちあげて、円形に並べられたクッションの上に寝かせた。そしてこれまで見たことのない謎めいた表情で隣に横たわった。恋人としてブレイクを見るのは不思議な感じがする。キャスリンは緑の瞳に混乱した表情を浮かべ、同時に期待に顔を輝かせて彼を見た。

「きみを傷つけるようなことはしない」ブレイクが静かな声で言った。

「わかっているわ」彫刻のように整った彼の唇をキャスリンはそっとなぞった。「横になって男の人とキスするのは初めてよ」

「そうなのか」ブレイクが小さく笑うと、自分の体をいったん宙に浮かせ、すべてがぴったりと重なるように彼女の上におおいかぶさった。これ以上ありえないほど親密な触れ合いに、キャスリンは息をのんで、たくましい肩に指を埋《うず》めた。

彼女の顔を両手で包んだまま、ブレイクが頭を下げていく。「重くないかい?」唇に触れるか触れないかの距離で彼はささやいた。

キャスリンは赤面したものの、目はそらさなかった。「いいえ」震える声で答えた。

ブレイクが唇を軽く触れ合わせた。「セーターをめくって」

「ブレイク……」

目を閉じると彼がまぶたにキスをした。「きみもぼくと同じ気持ちのはずだ。さあ、いいだろう、ケイト。それからぼくのシャツをめくるのを手伝ってくれないか」

キャスリンは小さく震えながら目をあけて、相手の目をのぞき込んだ。全身がうずくほど彼がほしいけれど、ブレイクが求めているのは彼女にとって未経験のものだ。一歩踏みだしたら、もうあとには戻れない。

「わたし……まだ一度も……」そう言いかけて口ごもった。

ブレイクが親指で彼女の口の端に触れ、小さく震える唇の輪郭を舌の先でなぞった。

「素肌同士の触れ合いを体験してみたくないか？」

遠慮を知らない彼の口づけにキャスリンはあえいだ。きつく目を閉じる。「ええ、体験したいわ、ブレイク」

「それにはきみの協力が必要だ」

キャスリンは目をあけ、震える指で黄色いニットシャツの裾を持ちあげた。硬い筋肉に指を走らせると、心臓が狂ったように打ちはじめた。

ブレイクは巧みに彼女の唇を開かせて味わい、その指で愛おしむように顔をなでた。

「今度はきみの番だ」そっとささやく。「怖がらなくていい。傷つけるようなことも、無理強いもしない。さあ、ケイト……」

深みを増しつつある彼の瞳を見つめながら、キャスリンはセーターを胸の上まで引きあげた。ブレイクがゆっくりと体を沈めると、ぴんと立った胸の頂が彼の胸の毛に隠れた。肌と肌が触れ合う不思議な感覚に、キャスリンは酔いしれた。

「ほら、いい感じだろう？」張りつめた声でささやきながら、ブレイクはたくましい上半身を彼女の胸にゆっくりとこすりつけた。

彼の鎖骨の上でためらっていたキャスリンの指が、軽く肌に触れた。これまでにない感覚に脈が速くなり、息が乱れる。

「とても……温かいのね」

「生きたまま焼かれる人間が温かいのは当然だ」冗談めかしてブレイクが応えた。そして彼女の目をじっと見つめながら全身を密着させた。

「大丈夫だから」無意識に身をこわばらせたキャスリンにそっとささやく。肘で自分の体重を支え、両手で彼女の髪を梳《す》きながら、探るような視線を相手の顔に走らせた。「これできみの全身を肌で感じることができる。きみもぼくの体を感じるはずだ。こうしていたら、おたがいに隠し事はできない。ぼくがどんなにきみを求めているか、口に出さなくてもわかるだろう？」

その言葉の意味するところを理解してキャスリンは真っ赤になった。男女の肉体の違いをこれほど意識したのは初めてだ。

長いあいだ眠っていた感覚が目覚め、春を迎えた若木の樹液のように体の内側から喜びが込みあげてきた。

ブレイクの形のよい口や貴族的な鼻や太い眉に指先で触れる。キャスリンが大きく息を吸うと、感じやすい乳房に押しつけられたたくましい体のぬくもりや重量感がいっそう生々しく感じられた。

彼の体の重みでキャスリンの若くしなやかな体はクッションに沈んだ。キスしようと顔を近づけてきたブレイクの顔を、彼女は自分から引き寄せた。

いつ果てるとも知れない口づけに唇を開いて応え、豊かな彼の髪に指をからませる。ブレイクが舌を差し入れて荒々しくからめながら、苦しいほど体を密着させた。彼がどれほど強く自分を求めているか、キャスリンにもいやというほどわかった。

じっとしていられずに思わず身をくねらせると、ブレイクの喉から苦しげなうめき声がもれた。彼の全身に身震いが走る。

「じっとして」唇を合わせたまま彼はささやいた。「血の気の多い青春時代はとうの昔に過ぎたが、きみとこうしていると理性が吹き飛びそうになる」

キャスリンは魅入られたようにブレイクを見つめた。「わたし……あなたとこうするのが好きよ」

「ぼくだってそうだ。キスしてくれ、ハニー」

ブレイクの情熱は野火のようにふたりのあいだに燃え広がった。キャスリンは頭を空っぽにして彼のぬくもりに溶け込んだ。貪欲な彼の口も、筋肉質の腕も、たくましい体と素肌を密着させている感覚も、すべてが夢のようにすばらしく、触れられたところは火がついたようにほてっている。この口づけが終わってほしくない。このまま死ぬまで彼の腕に抱かれていたい。彼を愛しつづけたいと心から思った。

ところがとつぜんブレイクが彼女の手首をつかみ、背中にしがみついていた両手を引きはがした。一時的に正気を失っていた人間がわれに返ったときのような顔で、彼はキャスリンを見た。そして頭にかかったもやを振り払うように首を振ると、乱暴に立ちあがり、彼女に背を向けたままシャツを引きおろした。キャスリンはとまどいながらセーターの乱れを直し、信じられない思いで彼の広い背中を凝視した。わずか一時間前のできごとを、さっきまで猛烈に彼に腹を立てていたことを、すっかり忘れていた。ブレイクの激しい情熱に圧倒されて、ヴィヴィアンのことすら頭から消えていた。なんという愚かな行為をしてしまったのだろう。

ブレイクが振り向いて、動揺もあらわなキャスリンの表情を見てとった。そのとたん彼の顔がこわばり、瞳からやさしい光が消えた。あざけるような笑みを浮かべる。

「ラリーが恋しくなったのか」その声は、かみそりのように彼女の胸を切り裂いた。

キャスリンはキスで腫れた唇の内側を舌でなぞった。彼の口の感触がまだ消えていない。

「だからあんなまねをしたの？」起きあがりながら、彼女は消え入りそうな声で尋ねた。

ブレイクが両手をポケットに突っ込んだ。見たこともないほど厳しい表情をしていた。

「それとも……ほかの男性にわたしを取られたくないから？」

「女なら掃いて捨てるほどいる。一人前になったらベッドに連れ込もうと思ってきみを育てたわけじゃない」

「でも、さっきは……」

「きみに欲望を感じている。それは事実だ。昔からずっとそうだった。だが、一時的に血迷ってばかなまねをしたからといって、今後もどうこうするつもりはない」

もちろんそうだろう。ヴィヴィアンと結婚するのに、どうこうできるわけがない。「心配しないで」そう言い捨てて、キャスリンは彼から離れた。「今回も深読みするつもりはないから」

「なんだって？」

「ヴィヴィアンにそう言ったんでしょう？」庭園へと続く階段の途中で後ろを振り返り、キャスリンはかすれた声で言った。「この前の晩のちょっとしたできごとをわたしが深読みするんじゃないかと心配していたそうね。わたしだって子どもじゃないのよ、ブレイク。愛情はおろか、好意すら感じていない女の肉体に男が欲情することぐらい、百も承知よ」

「いったいなんの話だ？」目をぎらつかせてブレイクが詰問した。

「昨日、ヴィヴィアンが教えてくれたのよ。あの晩のことをあなたがとても後悔しているって」

ほんの一瞬、彼の顔を影のようなものがよぎった。

「彼女がそう言ったのか?」

キャスリンはくるりと体の向きを変えた。「うそ。口から出まかせよ!」

「ケイト!」

「ケイトと呼ばないで!」キャスリンは涙に濡れた目でブレイクをにらみ返した。そのせいで、黒い瞳が一瞬きらりと光ったことには気づかなかった。

「あなたなんか大嫌い。わたしは就職してひとり暮らしを始めるから、あなたはヴィヴィアンをこの東屋に連れ込んで愛を交わせばいいのよ! もう二度とわたしに触れないで!」

「そのうち気が変わるさ」いつもと違う低い声で彼が言った。

目に見えない幽霊に追いかけられているかのように、キャスリンは家まで走って帰った。そして自分の部屋のドアに内側から鍵をかけてベッドに身を投げだし、こらえていた涙をあふれさせた。ブレイクを愛している。保護者としてではなく、ひとりの男性として。こうなったことが信じられず、自分でも認めたくない気持ちはあるが、それでもブレイクを愛している。けれども彼はヴィヴィアンと結婚するのだ。胸が苦しくなってキャスリンは目を閉じた。あのヴィヴィアンがこの家に住んでブレイクを愛する。彼の体に触れ、のみで彫ったような口にキスをして……。

キャスリンは苦悶《くもん》の叫び声をあげた。仕事を見つけなければ。ほかに方法はない。彼女は体を起こして涙を拭いた。明日の朝いちばんから職探しを始め、自活できる道を探そう。ブレイクとその新妻が暮らす家に住みつづけることはできない。

7

朝食にわざと遅れていったキャスリンは、ブレイクがすでに食事を終えていることを願いつつダイニングルームをすばやく見まわした。

モードはトーストを食べ終えるところで、その向かいではフィリップがコーヒーを飲んでいた。ブレイクとディック・リーズとヴィヴィアンの姿はない。

「あらまあ、今日はすてきだこと」おしゃれなベージュのスーツ姿のキャスリンを、モードが満足そうに見やった。髪はゆるやかなシニョンに結われ、数本の巻き毛が顔の横で揺れている。オープントウのスパイクヒールはベージュと茶のツートンカラー。キャリアウーマンを絵に描いたようないでたちだ。

「決まってるね」フィリップがウインクした。「そんなおめかしをしてどこへ行くのかな？」

「職探しよ」キャスリンは優雅な笑みを浮かべた。

モードがトーストを喉につまらせ、フィリップに背中を叩《たた》いてもらうはめになった。

「職探しですって？　いったいなんの仕事をするつもり？」

「どんな仕事が見つかるか、その結果しだいね」キャスリンは緑の目をきらめかせた。「反対しても無駄よ」青ざめたモードの顔に非難の色を嗅ぎとって、そう続けた。

「反対はしないわ。ただ、ブレイクにどう話すつもりなのか、それを尋ねたかったのよ」

「話ならもう聞いた」いつの間にかブレイクが部屋の入口に立っていた。ぱりっとしたグレーのスーツに、浅黒い肌の色を引き立てる柄物のネクタイを締めている。「さあ行こうか、ケイト」

キャスリンは懇願するような目でブレイクを見た。それまでの決意や誓いはすべて消え失《う》せた。昨日のできごとがすべてを変えてしまった。彼に立ち向かう勇気はもうない。

「キャスリンは朝食がまだだよ」フィリップが口をはさんだ。

「時間厳守がいかに大切かを学ぶいい機会だ」ブレイクはそう応じて、かすかに威嚇するような目で弟を見た。

フィリップが気弱に笑う。「ちょっと言ってみただけさ」

ブレイクは不機嫌そうな視線をキャスリンに向け、有無を言わせぬ調子でくり返した。「行こうと言ったのが聞こえなかったのか」

コーヒーにも卵料理にも手をつけないままキャスリンは立ちあがり、不安そうな顔で彼のあとについて廊下へ出た。

「どこへ行くの？」

ブレイクが太い眉をあげ、先に立って歩いて正面玄関のドアをあけた。「もちろん職場だ」

「でも、まだ仕事は決まっていないのよ」

「いや、もう決まっている」

「どんな仕事？」

「ぼくの秘書だよ」

キャスリンは頭が麻痺《まひ》したようになって、ぼんやりとブレイクのあとを歩いた。ようやく口がきけるようになったのは、彼の運転する黒いセダンが道路を走りだしてからだった。

「さっきのは空耳よね」

「きみが聞いたとおりだ」ブレイクはハンドルを握ったままシガレットケースを取りだして煙草《たばこ》を一本抜き、身を乗りだしてライターに押しつけた。

「でもブレイク。そんなの無理よ」

黒い目が彼女の顔をすばやくなぞる。「なぜ？」

「タイプが速くないし」わらをもつかむ思いでキャスリンは訴えた。毎日、朝から晩まで彼のそばで過ごすなんて、天国というよりむしろ地獄だ。

「普通程度に打てれば心配ない。きみにも務まるよ。仕事がほしいと言っていたじゃないか」

キャスリンは隣の車線を通り過ぎる対向車の列に目をやったが、実際には何も目に入っていなかった。

「今朝は、ヴィヴィアンはどこに？」彼女は静かな声で尋ねた。「ゆうべは遅くまでふたりで外出していたでしょう」

「ああ、そういえばそうだった」ブレイクはそれ以上何も説明しようとしなかった。

「べつにわたしの知ったことではないけれど」キャスリンは彼の目を見ずに、硬い声で言った。

ブレイクが道路を注視したまま頬をゆるめた。

ハミルトン社本部は美しく整備された大工業団地のなかにある。キャスリンは過去に何度も会社を訪れたことがあるが、社員として入るのは初めてだ。

ブレイクに続いて足を踏み入れた彼のオフィスは重厚な印象で、家具や調度はチョコレート色とクリーム色で統一されていた。革張りのソファの上には、ソファと同じ幅の大きな絵がかかっている。広々とした海辺の風景にキャスリンは引きつけられた。夕日が雲を赤く染め、椰子《やし》の立ち並ぶ浜辺には銀色の波が打ち寄せている。手前に描かれているのは男女のシルエットだ。

「気に入ったかい？」電話のメモに目を通しながらブレイクが尋ねた。

キャスリンはうなずいた。「サンマルタン島ね。この風景には見覚えがあるわ」

「当然だ。きみの十八回目の誕生日を祝して、まさにこの場所でシャンパンをあけたんだから。最後には別荘まできみをかついで帰るはめになったが」

その晩のはしゃぎぶりを思い返してキャスリンは笑った。ブレイクとたくさんおしゃべりして、波打ち際で遊んで、シャンパンを飲んだ。フィリップとモードはカジノへ出かけていた。

「これまでで最高の誕生パーティーだったわ。旅行中、一度も喧嘩《けんか》をしなかったわね」

「また行きたいか?」唐突な問いかけだった。驚いて振り向くと、ブレイクがデスクの前に立っていた。

「今すぐに?」

「いや、来週だ。ハイチにちょっと用事ができてね。みんなでサンマルタン島で何日か過ごしたあと、ぼくだけそこからハイチに足を延ばすつもりだ」

「なぜハイチへ?」好奇心をそそられてキャスリンは尋ねた。

「きみはそっちには同行しなくていい」それ以上の質問を許さない口調だった。

キャスリンはもう一度じっくりと絵を見た。「ほかには誰が行くの?」

「ヴィヴィアンとディック。あと少しで彼の協力を取りつけられそうなんだ」

「ヴィヴィアンはなぜついていくの?」いくぶん辛辣な口調になっていた。

長い間があく。「彼女がここへ来た理由はすでに知っていると思っていたが」

キャスリンは木製の額縁に視線を落とした。とうとう本人が認めたのだ。「ええ、知っているわ」

「本当に? それはどうかな」

「ほかには誰が来るの? フィリップは?」

「フィリップ?」ブレイクの顔がこわばった。「きみたちの仲はどうなっているんだ?」

「どうなってもいないわ。単なる仲よしよ」

ブレイクの黒い目が強い光を放った。「よし、フィリップも連れていこう。きみの遊び相手として」

「子ども扱いしないで、ブレイク」声に静かな威厳を込めてキャスリンは抗議した。

「ふたりとも子どもだ」

キャスリンは肩をいからせた。「昨日は子ども扱いしなかったくせに！」

固く結ばれたブレイクの口もとにかすかな笑みが浮かんだ。「子どもらしからぬふるまいをするからさ」彼は大胆にも、スーツ姿の彼女の体にゆっくりと視線を走らせた。

彼の肌のぬくもりや感触を思いだして、キャスリンは顔がほてってきた。

「フィリップもかわいそうに」彼女の目を見つめながらブレイクがあざけるように言った。「あいつにきみの相手は務まらない。きみは好色すぎるからな。ラリー・ドナヴァンにも無理だ」

「ブレイクったら！」恥ずかしさのあまり、キャスリンは思わず叫んだ。

「だが事実だ。きみの手の感触が忘れられなくて、ゆうべはほとんど眠れなかった。きみは絹のような体をしならせて迫ってきた。経験は浅いが、勘がいい。自分のなかにある欲情の炎から逃げるのをやめれば、最高にいい女になる」

「逃げてなんかいない……」自分が何を言っているかわからないまま、キャスリンはささやいていた。

素肌を這《は》う彼の手の感触とその激しさが脳裏によみがえり、気がつくと反発心や抵抗力がすべて消えていた。彼の体に触れ、しがみつきたい。キスをしてほしい……。ブレイクがその思いを正確に読みとった。彼の瞳がふいに暗いかげりを帯びたと思うと、さっと近づいてきた。もうごまかせない。ふたりのあいだにあるのは激しい渇望だけだ。

「きみは自分で思っている以上にいい女だ」ブレイクが大きな手で彼女の腰をつかんで引き寄せた。たくましい体に押しつけられ、その感触にキャスリンは至福の吐息をもらした。顔をあげると、わずか数センチの距離に黒い瞳があった。彼の顔が近づいてくると思わず身震いした。

ブレイクの口は貪欲で容赦がなかった。背伸びしてしがみつくキャスリンの唇を開かせて熱心に探る。

「ブレイク……」

濃厚な口づけを交わしながら、彼が片手を上にすべらせて胸をおおい、乳房の重みを手のひらで受けとめた。

「きみは遅効性の毒みたいに、ぼくの血管にじわじわと入り込んでくる」キャスリンの紅潮した顔に浮かんだすがるような表情をブレイクは見つめた。「きみを見ると、ぼくの愛撫《あいぶ》にどんな吐息をもらすか、どんなふうに体をしならせるかと想像せずにはいられない」唇を寄せたままささやく。「昨日のあの感覚を覚えているだろう。何にも邪魔されずに肌を重ね、きみの乳房はぼくの胸に押しつぶされていた」

「お願い、やめて」キャスリンは泣きそうな声で訴えた。「こんなの、フェアじゃないわ」

「なぜだ？」ブレイクは彼女の体を持ちあげて目の高さを合わせた。「東屋《あずまや》でのできごとは本意ではなかったと言うつもりか。体が離れたとき、引き裂かれるような痛みを感じなかったと言えるのか」

言えるはずがない。キャスリン自身、彼を強く求めていた。ほてった顔とすがりつくような緑の瞳にその思いが表れている。

「きみをマルティニーク島へ連れていきたい。暗い砂浜にそのしなやかな体を横たえて、隅々まで味わいつくすんだ」

激しい熱情をうかがわせるその言葉に、キャスリンはめまいがしてきた。「それは……どうかしら」

「行きたいくせに」ブレイクはむさぼるように彼女の唇を求め、両手でヒップをつかむと、こねるように自分の腰に押しつけた。あまりにきわどい刺激にキャスリンは大きくうめいた。

「ぼくがほしいか、ケイト?」ブレイクが低くささやいた。「ぼくはきみがほしくて頭がどうにかなりそうだ。あんなふうに触れたのが間違いだった。あれ以来、欲望の歯止めがきかなくなってしまった。キスしてくれ、ケイト。キスを……」

キャスリンは言われるままにキスをした。この瞬間、心の底からそうしたいと願った。彼に触れ、その味やにおいを感じたかった。ブレイクがたくましい腕で彼女の体をきつく抱きしめ、唇をむさぼった。しばらくしてようやく顔をあげた彼は、燃えるような目でキャスリンの瞳を見つめた。

そのときとつぜんドアが開き、ヴィヴィアンの甲高い声がして、ふたりを結びつけていた透明な糸がぷつりと切れた。

「あら、お邪魔だったかしら?」イギリス風のアクセントを響かせて彼女が言った。

「とんでもない」ブレイクが答え、完璧に落ち着き払った笑みを浮かべてヴィヴィアンに向きなおった。「社内の見学ツアーに連れていく約束をしていたね。では行こうか」肩ごしにキャスリンに声をかける。「ケイト、きみも来るといい」

まだ体の震えがおさまらないキャスリンは断りたかった。しかしすでに疑惑の目で見ているヴィヴィアンの手前、言いだせなかった。

ブレイクは巨大な繊維衣料メーカーの内部へとふたりを案内し、新人の縫製係が最新式の機械の操作法を学んでいる研修室を見せた。

パンツ部門では、スラックスのさまざまな部分を係が手分けして仕上げている。カッティングルームでは、長いテーブルに広げた分厚い布地の束を、男たちが電動カッターで裁断していた。シャツ部門では数百台のミシンが稼働中で、ボタンホール専用のミシンまである。扱われている布地のあざやかさにキャスリンは目を奪われた。

「あのブルーの色合いはなんてすてきなの！」彼女は思わず大声をあげた。

ブレイクが小さく笑った。「いつか紡績工場に案内して、どんなふうに布地ができるか見せてあげよう。綿花から糸をつくりだすには長く複雑な工程が必要なんだ。まず原料の綿花のかたまりから縄を撚《よ》りだし、それを何種類もの紡錘《ぼうすい》器にかけていく。今は衣類の素材として木綿とレーヨンを使用しているが、昔は木綿だけだった」

「とても興味深いお話ね」少しも面白くなさそうな声でヴィヴィアンが口をはさんだ。「工場には一度も行ったことがなくて」

キャスリンはあきれて彼女の顔を見た。自分とはなんという違いだろう。幼いころのキャスリンは服ができあがるまでの行程に魅せられて、ブレイクやフィリップのあとを飽きずについて歩いたものだ。だが紡績工場を訪れたのはずっと昔で、そこで何が行われているのか理解できる年齢ではなかった。

「ここでは一週間に何着のブラウスを製造しているの？」それぞれに異なる段階の作業を進行中のミシンの列のあいだを歩きながら、キャスリンは声を張りあげた。

「ざっと十二万着だな」彼女のぎょっとした表情を見て、ブレイクが笑いながら説明した。「ここには六百人以上の縫製係がいるから、彼女たちに忙しく働いてもらうためには、週あたり十五万ヤードの布地が必要になる」

「すごい！」

「大量生産の商売だからね。販路としては大手の通販会社二社と契約しているほか、きみも覚えていると思うが、全国各地のアウトレットに直営店がある。たしかに規模は大きい」

「金のなる木ね」ヴィヴィアンが言う。キャスリンは彼女の目がドルマークになっている気がした。ブレイクも眉をぴくりと動かしたが、言葉は発しなかった。

見学ツアーが終わると、ヴィヴィアンはブレイクにせがんで彼とコーヒーショップに出かけ、キャスリンはタイプすべき手紙が大量に吹き込まれた録音機とともに残された。家で朝食をすませたヴィヴィアンはコーヒーとドーナッツをごちそうしてもらえるのに、食事抜きで引きずってこられたキャスリンは何にもありつけない。不公平な扱いにしばらく腹を立てていたが、三十分後に戻ってきたブレイクが持ち帰り用カップに入ったコーヒーとペストリーの包みをデスクに置くと、キャスリンの怒りは消えた。

「朝食だ。ぼくのせいで食べそこねたのを思いだしたから」

驚き半分、うれしさ半分で、キャスリンは満面の笑みを浮かべた。

「ありがとう、ブレイク」素直に礼が言えた。

ブレイクはたくましい肩をすくめて奥の部屋へ歩いていった。「録音機の操作は問題ないかな?」振り向いて尋ねる。

「問題なのは、あなたの言葉づかいだけね」キャスリンはからかい口調で答えた。

ブレイクがひょいと眉をあげて彼女を見た。「ぼくを教育しようなんて思うなよ、ケイト」

「あら、そんな勇敢な女性がいるもんですか」今度は天使のような甘い声で返した。そしてタイプライターのスイッチを切り、湯気の立つコーヒーのふたをあけた。

終業近くになって、フィリップがブレイクに会いにやってきた。彼はキャスリンのデスクに両手をついてにやりと笑いかけた。

「こき使われているね」

キャスリンはふうっとため息をついた。「昼間はもっと大変だったのよ。これだけの大会社を切りまわすには膨大な書簡のやりとりが必要なのね。ブレイクは下院議員や州議会議員や繊維協会にまで手紙を出すのよ。ちなみに、今年は彼が繊維協会の会長を務めていることを初めて知ったわ」

「ほら、いろいろ勉強になるだろう」フィリップは顔を近づけてささやいた。「もうブレイクに鞭《むち》でぶたれたかい？」

キャスリンは目を丸くして笑った。「彼、鞭なんて持っていたの？」

ちょうどそのとき、ブレイクが奥の部屋から出てきた。彼にすごみのある目でにらまれて、フィリップは赤面してデスクから離れた。

ブレイクは乱暴にドアを閉めた。「キャスリンを家へ連れて帰ってくれ」そっけない口調で弟に命じる。「ヴィヴィアンとぼくは夕食に出かける」

そう言うなり、後ろも振り返らずにオフィスをあとにした。絶望的な気分になったキャスリンは、ブレイクの気持ちをはかりかねていた。朝はあんなにやさしかったのに、この冷たい態度はどういうことだろう。今朝のできごとを彼は後悔しているのだろうか。そんな疑問で心が揺れた。

日々のパターンができてきた。キャスリンは毎朝ブレイクの車で出社し、終業後もいっしょに帰宅する。仕事中のブレイクはビジネスライクな態度を崩さないが、ふたりがそろって家を出るたびにヴィヴィアンは不快そうな顔をした。ブレイクを独占するためなら労働以外のどんなことでもやってのけようという彼女の強引な姿勢は、実際、それなりの成果をあげていた。

土曜日が来るころにはキャスリンは疲れきり、何か息抜きをしたくなっていた。だがブレイクはヴィヴィアンにせがまれて飛行機でアトランタへ買い物に出かけるという。仕方がないのでフィリップに頼み、町に新しくできたショッピングモールに連れていってもらうことにした。そのことを知ったブレイクは怒りをあらわにしたが、キャスリンは知らんぷりを決め込んだ。そもそも、彼女の人生に口出しする資格などないのだ。彼にはヴィヴィアンがいる。南の島へ行くという計画も、今になると怖くなってきた。かといって、約束を反故《ほご》にはできない。ブレイクを心の底から愛しているし、彼のそばにいたいので、断ることなどできるはずがない。彼がヴィヴィアンと結婚しても、少なくともすばらしい思い出だけは自分のものになる。そう思って心を慰めた。

「死ぬほど歩かされて、もうくたくただよ」買い物客で混雑するショッピングモールで、フィリップは大げさに足を引きずりながらベンチにすわり込んだ。

「たった五軒のぞいただけよ。疲れるわけがないでしょう」

「五軒と言っても、きみはそのひとつひとつで十五着は試着したよ」

キャスリンは彼の隣に腰をおろして重いため息を吐きだした。「気がめいって仕方がないのよ。だから、何かで気持ちを奮い立たせる必要があったの」

「ぼくはべつに気がめいってるわけじゃない。それなのに、なぜつき合うはめになったんだろう」

「荷物を運ぶためよ」

「でも、きみは何も買っていないじゃないか」

「買ったわよ。さっき寄った小さなブティックで」

「何を買ったって?」

「これよ」キャスリンは小さな箱の入った紙袋を差しだした。小箱のふたをあけると、サファイアとダイヤモンドをあしらった上品なイヤリングが出てきた。「きれいでしょう？　支払いはブレイクにつけておいたわ」

「やめてくれ」フィリップがうめくように言って、両手に顔を埋《うず》めた。

「とにかくこの紙袋はあなたが持ってね。そうすれば自分が何かの役に立ったと思えるから」

「身にあまる光栄だね」

「そんな皮肉を言わないで。本当に落ち込んでいるのよ、フィル」

憂鬱そうな顔をフィリップが探るように見た。「どうした？　悪いドラゴンを退治してほしいのかい？」

「頼まれてくれる？」キャスリンの緑の目に希望の光がともった。「ドラゴンが眠ってるあいだにこっそり近づいて、それで……」

「きみは目の検査をしたほうがいいよ」フィリップが腕組みをしてベンチに寄りかかった。「ヴィヴィアンはドラゴンじゃない」

「わかっていないのね。彼女が義理の姉になっても、まだ好きでいられるかしら」

「ヴィヴィアンがブレイクと結婚するって？」フィリップがびっくり仰天して背筋を伸ばした。「どこからそんなばかげた考えが出てきたんだ？」

「ばかげてなんかいないわ。彼女はまさにブレイクの好みのタイプよ。美人で経験豊富でブロンドで」

「たしかにタイプかもしれないが、兄貴が本気で結婚を考えていると思うかい？」皮肉っぽい笑みを浮かべる。「それはないよ」

「きっと彼女は特別なんだわ」キャスリンにはヴィヴィアンのすべてが憎らしく思えた。「ここへ来たのは家族に会ってほしいとブレイクに頼まれたからだって、本人が言ったのよ」

「それは知っている。彼女は影の実力者だからね。父親はなんでも彼女の言いなりなんだ」

はじめた。キャスリンはじっとしていられずに脚を組んだ。

「ブレイクは自由時間をずっと彼女と過ごしているわ。仕事上の理由だなんて信じられない」ぴったりしたデザイナージーンズを無意識になでる。クリーム色のカウボーイブーツに目をやり、爪先に傷があるのに気づいて顔をしかめた。

「ぼくたちも長いこといっしょに過ごしているけれど、ただの友だちだ」

「それはそうね」

「ブレイクにはそれが許しがたいのさ」

キャスリンはぱっと目をあげた。「なんですって？」

「やきもちを焼いているんだ」フィリップが笑った。

キャスリンは真っ赤になって目をそらした。「もう、でたらめばっかり！」

「でたらめなものか。兄貴はきみのこととなると異様に独占欲が強くなる。昔からその傾向はあったが、この数日は兄貴のいるところできみと並んですわるのさえ恐ろしく思えるほどだ」

キャスリンは胸が高鳴った。まさかとは思いつつ、それが事実であればいいと祈っている自分がいた。

「単に支配的な性格なだけよ」

「そうかな。きみのボーイフレンドに喧嘩を売って家から追いだしたのもそのせいなのか？」フィリップがうかがうような目になる。「ぼくたちがチャールストンから戻ったとき、ブレイクは留守で、きみは頭痛がすると言って部屋にこもっていた。留守中に何があったんだい？」

彼女は爪先まで赤くなった。答えは返せなかった。

「兄貴が部屋に入ってくると、きみの顔はぱっと輝く。誰にも見られていないと思うと、兄貴はきみをじっと見つめている。若くておいしいガゼルを狙う空腹のピューマみたいな目つきで」

思わぬ事実を知らされて、キャスリンの心臓は激しく打ち

しく打ちだした。「ねえ、フィル。本当なの？」無我夢中で訊《き》いていた。すがりつくようなそのまなざしは、内心の強い思いを雄弁に物語っていた。

フィリップが静かにうなずいて彼女を見た。「ぼくの目にはそう映る。彼が奪ってきた戦利品の山に、きみは自分の心を加えるつもりかい？」

「なぜそこまでわかるの？」キャスリンは悲しげなため息をついて、モールをそぞろ歩く人々を眺めた。

「わかるよ。長いつき合いだからね。きみがなぜあのセクシーなドレスを買ったか、ぼくはきみより先に見抜いていた。きみはブレイクの反応を見たかったのさ。効果はてきめんだったね」すべてを見透かすような表情でフィリップがほほえんだ。

キャスリンは気恥ずかしくなって反撃した。「カーテンの陰に隠れて見ていたんじゃないの？」

「ぼくの目は節穴じゃない。きみと兄貴は昔から何かというと反目し合ってぶつかってきた。挑発すればどんな目にあうかは明らかだ。ブレイクはやさしい性格じゃないからね」

フィリップは自分の兄のことを何もわかっていない。東屋で過ごした朝のひとときを思い起こして、キャスリンは胸のうちでつぶやいた。

「それとも、兄貴のべつの顔をきみは見たことがあるのか？」彼女の夢見るような表情に気づいて、フィリップがそっと問いかけた。

キャスリンは彼をにらんだ。「詮索しないで」

「きみの私生活に口出しするつもりはないよ。ただ、きみが泣くところを見たくないんだ。ブレイクは経験豊富だ。開花寸前のつぼみにそそられることはあっても、罠《わな》にはかからない。悪いことは言わないから、兄貴には近づかずに、むしろ強風から身を守る塀を築いたほうがいい」

「要するに、わたしがいくらがんばってもあの高慢な女性にはかなわないと言いたいのね」

「そういうこと」ベンチに置かれた彼女の手をフィリップが軽く叩いた。「キャスリン、場数を踏んだ女性は、うぶな娘が考えつきもしないやり方で男をとりこにする。きついことは言いたくないが、相手がヴィヴィアンでは勝負にならないってことを肝に銘じるべきだ」

「べつに勝負しようとは思っていないわ。でもあなたの言い方だと、ブレイクがまるで……」

「ブレイクは血のつながった兄だ。彼のためならどんなことでもする。だが最近の兄貴はきみが魅力的な若い女性に成長したことに気づいたばかりで、冷静な判断力を失っている。じきに目が覚めるだろうが、それまでのわずかなあいだにきみを破滅させてしまいかねない」フィリップは彼女の手を握り、真剣な顔でいさめた。「ブレイクを兄として愛するんだ。男としてじゃなく。愛に関するブレイクの考えはきみも知ってのとおりだ」

キャスリンは体のなかから生気が抜けていくような気がした。肩を落として弱々しくうなずく。「愛を信じていないのよね」

「ブレイクが女性に求めるものはただひとつ。それをきみから得るわけにはいかない」

「たとえわたしが差しだしても受けとらないわ」

「普通ならそうだろうが、きみのちょっとした言動やしぐさで頭のたががはずれてしまうこともある。魅力的な女性を前にすると、男は抑えがきかなくなるものだ」

「でもブレイクはああいう人よ。もしそうなったら責任を取ってわたしと結婚するでしょう。いくら身を固めるのがいやでも、逃げだすわけにはいかないもの」

「ぼくが言いたいのはそこだよ。きみと兄貴が幸せな結婚生活を送れるなら、それ以上にうれしいことはない。でもぼくはブレイクという人間を知りすぎている。きみだってわかっているはずだ。あの性格がひと晩で変わることはありえない」

「彼は……女性を愛することができないということ？」キャスリンは口ごもった。

フィリップが肩をすくめた。「ブレイクは孤高の人だ。生まれたときからいっしょに暮らしているが、ぼくにも踏み込めない部分がある。おそらく愛せないのではなく、恐れているんだと思う。弱みを持つことをね。グレイオークスを継ぐ者を残すために、いつかは結婚するかもしれないし、恋に落ちるかもしれない。先のことはわからないよ」

「彼はわたしのこととなると独占欲が強くなるって、さっき言ったわよね」

「当然だろう。これまでずっと面倒を見てきたんだから。でも本心は誰にも知りようがない」

キャスリンは唇を噛《か》んでうなずき、通路に視線を向けた。「あなたの言うとおりね」こわばった顔に無理やり笑みを浮かべる。「アイスクリームを食べに行かない？」

立ちあがろうとする彼女を、フィリップがそっと制した。「ごめんよ。きみを傷つけるつもりはなかった」

「なぜ傷つけたなんて思うの？」不自然なほど明るい笑顔でキャスリンは尋ねた。

「だって、きみは兄貴に恋しているから」

キャスリンの顔から血の気が引いた。自分自身、そのことをようやく認めはじめたばかりだ。それでも正面切ってそう言われると、やはり否定できない。何か言おうとしたが、舌が麻痺したようになって動かなかった。

彼女のとまどいを見てとり、フィリップが立ちあがった。「アイスクリームだね、いいよ。きみは何味にする？　バニラ？　それとも苺《いちご》？」

サンマルタン島への旅行が二日後に迫ってきた。おかげでオフィスは目のまわるような忙しさだ。キャスリンは指が麻痺するほど大量の手紙をタイプしたが、ブレイクはいつも不機嫌でぴりぴりしていた。「何度言ったらわかるんだ。手紙の署名にはミドルネームの頭文字を入れるな」吠《ほ》えるように言って、キャスリンがタイプし終えたばかりの手紙を乱暴に机に叩きつけた。「やりなおし！」

「わたしのやり方が気に入らないなら、ヴィヴィアンを呼んできて秘書の仕事をやらせたらどう？」

「彼女だったら今ごろ大泣きしているさ」ブレイクはかすかに面白がるような笑みを浮かべた。デスクの横の椅子にかけたキャスリンはぴんと背筋を伸ばして、グレーのスカートに包まれた脚を組んだ。「ぴかぴかの鎧《よろい》が涙で錆《さ》びてしまったら困るというわけね」

たなびく煙草の煙の向こうから、ブレイクが考え深いまなざしで彼女を見た。「きみなら泣かれる心配がない。きみはぼくのすべてを知っている。欠点も癖も何もかも」

「本当に知っていると言えるのかしら。ときどき、全然知らない人みたいに思えるの」

ブレイクが煙草をくわえた。「東屋でのあのときみたいに？」静かな声で言って、真っ赤に染まった彼女の顔を凝視する。

キャスリンは手紙に視線を戻したが、心臓は激しく打っていた。「あなたに何を求められているのか、わからなくなったわ」

ブレイクが席を立ってキャスリンの正面に移動し、彼女のあごの先を持ちあげて鋭い目で見つめた。「そのほうがいいんだ。きみはあまりに若い、キャスリン・メアリー」

「ええ。あなたに比べたらほんの子どもよ」

「背中の毛を逆立てた子猫だな」彼の目のなかで激

しく危険なものがうごめいた。「キャスリン、ぼくが最後の一線を越えたら、きみはうなって爪を立てるかい？　それともごろごろと喉を鳴らす？」

「どっちもしないわ！」

彼の目はぎらぎらと光っていた。「ぼくといれば喉を鳴らすようになるさ。あの日、きみの口は奔放だった。まだきみの味が舌に残っている」

「混乱してわけがわからなくなっていたのよ」

「ぼくもそうだ」彼女の唇を怖いほど一心に見つめながらブレイクがささやいた。「きみに触れたとたん、理性が吹き飛んでしまった。愛し合って体の奥のうずきを止めることしか考えられなくなった」

キャスリンは息をのんで正面から彼の目を見た。雷に打たれたような衝撃が走る。彼女もまったく同じ気持ちだった。だがフィリップが警告したとおり、ブレイクが認めたのは肉体的な欲求だ。理性を失ったのは愛のためではなく欲望のせいなのだ。

「ヴィヴィアンにはそんなうずきを感じないの？」

敗北感に打ちひしがれて、キャスリンは硬い声で問いかけた。

探るような目でブレイクが彼女を見た。「いや、そんなふうには感じない」

キャスリンは視線を膝に落とした。「あなたならいくらでも好みの女性が見つかるわ」

ブレイクが腰をかがめ、彼女がかけている椅子の肘掛けに両手を置いた。煙草の煙がキャスリンの鼻孔を刺激する。

「きみのような人は見つからない」

キャスリンは顔がほてってきた。彼のネクタイの一点に意識を集中していても、むきだしの背中を少し乱暴に、だが巧みに愛撫するブレイクの手の感触がよみがえる。

「きみが怖がったのは初めての体験だったからだ。だがぼくが強引に迫れば、きっと最後まで許していた。それはおたがいにわかっている」

キャスリンは穴があったら入りたい気分だった。言葉だけでこんな思いをさせるブレイクが憎らしかった。彼といると、自分がひよわに思えてならない。どんな男性といてもそんなふうに感じたことは一度もなかったのに。彼女は初めての感覚にとまどい、内心の怯《おび》えを隠すために反撃に出た。

「ずいぶんうぬぼれているのね」きつい目をして切り返す。「あれは単に比較のためのテストだったかもしれないじゃないの」彼女の目の前で、ブレイクの瞳が黒みを増していった。「なぜ自分だけが特別だと思うの？　ほかの男性にも同じ反応を示したかもしれないのに」

「ほかの男性とは誰のことだ。フィリップか？」

キャスリンは手紙に視線を落とした。ブレイクの声には抑えた怒りがある。故意に刺激するようなことは言わないほうが身のためだ。もしまた触れられたら、きっと理性が吹き飛んでしまう。全身が筋肉という男らしい体を前にすれば、それが自然な反応だ。今の自分がひどく無防備に思えた。それを見透かされずにすむ唯一の方法は、物理的な距離を保つことだ。

「この話はまたにしよう」ブレイクが冷ややかな声で言うと、デスクの後ろに戻って煙草をもみ消した。「ジョージア工場からのポリコットン地がまだ届いていなかったな。もう発送したかどうか、現地事務所に問い合わせてくれ。来週には裁断作業に入る」

「かしこまりました」キャスリンはできるかぎり事務的に応じた。「ほかに何かありますか？」

「ああ」彼女をじっと見ながら、ブレイクがつっけんどんに言った。「赤いバラを一ダース、ヴィヴィアンに送ってくれ」

煉瓦《れんが》で頭を殴られたような衝撃だったが、キャスリンは眉ひとつ動かさなかった。淡々とメモをとってうなずく。「一ダースですね。すぐに手配します。カードにはどんなメッセージを入れますか?」

キャスリンを見つめたままブレイクは指示した。「こうしよう。〝ゆうべはありがとう〟サインは〝ブレイク〟だ。いいね」

「承知いたしました」キャスリンの声にはいつもの張りとつやが欠けていたが、その顔からはなんの感情もうかがえなかった。

ブレイクが椅子を回転させて窓の外に目をやった。「ほかには?」

「ない」

キャスリンは部屋を出てそっとドアを閉めた。自分の席に着くころには涙があふれそうになっていた。

8

「サンマルタン島で一週間の休暇とは夢のようね」留守中にミセス・ジョンソンとメイドたちに頼む家事のリストをあらためながら、モードが幸せそうなため息をついた。「家族全員を連れていってくれるなんて、ブレイクはなんてやさしいのかしら。ヴィヴィアンと熱々だというのに」

「ええ、楽しい旅行になりそうね」キャスリンは気のないあいづちを打った。

「あのふたり、片時も離れないのよ。それに、とってもお似合いよね。黒い髪で浅黒い肌のブレイクに、ブロンドで色白のヴィヴィアン……。今回はあの子も本気みたい」モードが両手をもみ合わせて満面の笑みを浮かべた。「わたしは春のお式がいいと思うの。家のあちこちに蘭《らん》の花を飾って……」

「そろそろ荷造りを始めなくちゃ」キャスリンは明るく言って腰をあげた。「失礼してもかまわないかしら？」

「もちろんよ。行きなさい」モードは結婚式の計画に夢中で、心ここにあらずだ。

優雅なカーブを描く階段を、キャスリンは絶望に打ちひしがれてのぼった。ヴィヴィアンの部屋の前を通り過ぎたとき、あけ放したドアのあいだから、化粧台の上に飾られた大量の赤いバラが目に飛び込んできた。ヴィヴィアンがわざとそこに置いたのだと直感して、彼女は撃たれたような痛みを覚えた。

だがブレイクのほうはキャスリンの気持ちに気づいていない。もし彼に気づかれていたら、とてもではないが耐えられなかっただろう。ブレイクは以前にも増してヴィヴィアンのそばを離れなくなった。その晩もふたりはナイトクラブへ出かけ、帰宅後は書斎にこもっていた。キャスリンは例によってフィリップに慰めを求めたが、そのことがブレイクの気持ちを逆なでしたらしい。

次の朝、オフィスのキャスリンのデスクに尻をのせておしゃべりしているフィリップを見るや、ブレイクは爆発した。

「何かやることはないのか、フィリップ？」

「もちろんあるけれど」

「それならさっさと行って、やるべきことをやれ」

フィリップは両手をポケットに入れて立ちあがり、自分より体格も年齢もまさる兄を探るような目で見た。「今夜、映画を見に行かないかとケイトを誘っていたんだ。何か文句でも？」

ブレイクが顔をこわばらせた。「デートの約束は家に帰ってからすればいい。会社の時間を使うな」

「会社の経営にはぼくだって関心を持っているさ。

ほかの株主と同じに」

「だったら、それらしくふるまえ」ブレイクは冷ややかに言い放ち、キャスリンに鋭い視線を投げた。「ノートを持ってくるように。口述筆記してほしい手紙がある」そう言うと自分のオフィスに戻り、乱暴にドアを閉めた。

そんなブレイクを見つめるフィリップの顔に怒りはなかった。兄のことは誰よりもよく知っている。彼はゆっくりと口もとに笑みを浮かべた。「あれが二流の男だったら、嫉妬によるいやがらせだと断言するところだ」

キャスリンはため息をついて席を立つと、速記ノートを胸にかかえた。「彼にかぎってそれはありえないわ。ヴィヴィアンみたいな女性と婚約同然なのよ。さあ、ふたりとも首になる前に仕事へ戻ったほうがいいわ」

「あんな怒りん坊のそばで働かなくてすむなら、首になるのも悪くない気がするな」

「そういえば」キャスリンは声をひそめた。「アパートメント探しを手伝ってくれる約束よね」

「サンマルタン島から戻ってからだよ。それに、ブレイクの機嫌が直っていたらの話だ。ぼくには自殺願望はないからね。いくらきみのためでもブレイクに盾つくのはごめんだ」

「盾つく必要なんかないわ。彼だって、わたしがいなくなればせいせいするわよ」

「本当にそうかな」

「キャスリン！」インターフォンからブレイクの声がとどろいた。

キャスリンはぎくりとして彼のオフィスへ急いだ。机に向かっていたブレイクが椅子の背にもたれて、入ってきた彼女をにらみつけた。

「今後は勤務時間内にフィリップと無駄話をしないように」前置きもなしに厳しい調子で命じる。「そんなことのために給料を払っているんじゃない」

キャスリンは挑むような目で彼を見た。「じゃあ、今後は彼におはようを言うのにもあなたの許可が必要なのかしら？」

「この建物のなかではそうしてもらおう」ブレイクがそっけなく答えた。「いつもいっしょなんだから、八時間ぐらい離れてもどうってことはないだろう」

彼は椅子をさっと前に戻し、オーク材のデスクに劣らぬ硬い表情で一通の手紙を手に取った。そのごつごつした指がやさしく自分の素肌を愛撫《あいぶ》したことを、キャスリンはぼんやりと思い返していた。

「準備はいいか？」

キャスリンはすばやく椅子に腰をおろしてノートを膝に置いた。「いつでもどうぞ」可能なかぎりプロらしい声でそう答えた。

終業時間になるまでキャスリンとブレイクは冷ややかではあるが礼儀正しい態度を保ち、それを見た社員たちは不審そうに眉をひそめた。キャスリンが秘書として働きはじめて以来、ふたりは何度となく口論や言い争いをしてきたが、今回は様子が違っていた。おたがい完全に相手を避けているのだ。接触がないのだから口論も起こりようがない。

「ねえ、ブレイクと喧嘩《けんか》でもしたの？」その晩、夕食に出かけるための着替えをしているブレイクを待ちながら、ヴィヴィアンが尋ねた。「ここ何日か、ろくに口をきいていないじゃないの」

アイボリーのジャンプスーツというくつろいだ格好でソファに丸くなって本を読んでいたキャスリンは、冷ややかに相手を一瞥《いちべつ》した。想像の余地がないほど肌の露出が多い光沢のある青いドレスはヴィヴィアンの完璧なスタイルをこれでもかと強調し、整った顔だちや優美に結ったブロンドをより美しく見せている。まさにブレイクの好みだ。

「いいえ、喧嘩なんかしていないわ」彼女はきっぱりと答えた。「ブレイクとわたしは、もともとそんなに親しくないから」うそだった。きつい言葉をぶつけ合うこともなく、彼の目にやさしい光がたたえられていた幸せな時代もたしかに存在した。

「あら、そうなの？」両端に豪華なブロンズの燭《しょく》台《だい》が取りつけられた全身鏡に姿を映しながら、ヴィヴィアンがかすかに勝ち誇ったような笑みを浮かべた。「あなたとは仲よくやっていきたいのよ。これからは同じ家で暮らすのだから……」意味ありげに語尾をぼかす。

「式の日取りはもう決まったの？」無関心を装ってキャスリンは訊《き》いた。

「まだよ。でも近いうちに本決まりになるわ」

「本当によかったわね」本のページをぼんやりと眺めながら、キャスリンはぞんざいに言った。

「もう行ける、ダーリン？」ブレイクが部屋に入ってくると、ヴィヴィアンが催促した。「おなかがぺこぺこよ！」

「じゃあ行こうか」ブレイクの声に含まれたセクシーな響きをキャスリンは聞き逃さなかった。それでも読んでいる本から顔をあげず、彼のほうを見もしなければ声もかけなかった。彼女の心は凍りついていた。玄関のドアが閉まる音を聞いて、ようやく心身の緊張が解けた。幸い、今夜はディックとモードも連れだって外出しているし、フィリップにはひとりで映画を見に行ってもらった。これで誰にも気兼ねなく泣くことができる。こうなったらグレイオークスを離れるしかない。ヴィヴィアンと同じ家で暮らすことなど不可能だ。

翌日は朝から快晴で、サンマルタン島へ出発するのにはまさにうってつけだった。キャスリンとフィリップは一行のしんがりを務めた。白いレースのパンツスーツ姿のヴィヴィアンがブレイクの腕に蔦《つた》のように腕をからませながら先頭を歩き、その後ろをディック・リーズとモードが熱心に語り合いながらついていく。キャスリンは目と髪の色を引き立たせるシンプルな緑と茶のプリントのワンピースを着ていた。見た目より着心地を重視した選択で、ヴィヴィアンと張り合おうという気持ちはまったくなかった。フェアな闘いの場が与えられたわけではないが、ともかくブレイクを自分のものにはできなかったのだ。しょせん、経験の差がありすぎる。

「きみを見ていると胸をかきむしりたくなるよ」ブレイクとヴィヴィアンをじっと見つめるキャスリンを見て、フィリップがそっと言った。

キャスリンは暗い目を彼に向けた。「なぜ?」

「きみがブレイクを愛するように男を愛する女性は見たことがない」いつもの陽気さがうそのようなしんみりした声で、フィリップは答えた。

キャスリンは軽く肩をすくめた。「そのうち乗り越えるわよ。まあ、多少時間がかかるかもしれないけれど。大丈夫、ちゃんと立ちなおるから」

彼女の手を取ってやさしく握りながら、フィリップは社用の小型ジェット機に向かって歩いた。「正直、最初はただ一時的にのぼせているだけだと思っていた。でも、それはとんでもない思い違いだと気づいたよ。兄貴のためならきみはどんなことでもするだろう? ブレイクが幸せであれば、たとえほかの女性と結婚しようと、ひっそり見守るつもりなんだ」

キャスリンは目を伏せ、カールした長いまつげが頬に影を落とした。「愛するってそういうことでしょう? わたしは彼に幸せになってほしいの。ほかには何もいらない」

フィリップが握った手に力を込めた。「その気持ちは胸に秘めておくことだ。兄貴にはきみが苦しんでいることを知らせないほうがいい」

キャスリンは無理に笑い声をあげた。「もちろん。われわれ革命家は精神がタフにできているのよ」

「さすがだ。でもなぜそんなに簡単に降参してしまうんだい?」

「降参だなんてとんでもない。探していた仕事をちゃんと手に入れたわ。アパートメントは旅行のあとになるけれど」

「たいしたものだね。きみならきっとやり遂げると思っていたよ」

「わたしたちに不可能はないんだから」キャスリンは上機嫌で笑った。

「わたしたち?」フィリップが不安そうに尋ねた。

「あなたは不動産業界に顔がきくでしょう。わたしでも無理なく家賃の払える部屋を見つけてくれると信じているわ。環境のいい地域でね」

「おいおい、ちょっと待ってくれよ」


キャスリンはすでに飛行機に乗り込んでいた。

役員専用小型ジェット機は広々として乗り心地がよく、窓の外さえ見なければキャスリンもなんとか平静を保っていられた。だが飛行機に酔いやすい体質は子どものころからで、ブレイクのすぐれた操縦技術をもってしても、空の旅への苦手意識は変わらなかった。

ありがたいことに、ヴィヴィアンは客席から遠く離れた副操縦士席にすわっている。もしそばにいたら、人を見下したようなあの態度と得意そうな笑顔にとても耐えられなかっただろう。

「かわいそうに。顔が真っ青よ」モードが心配そうに声をかけてキャスリンの冷たい手を握った。「乗り物酔いの薬をのんだら?」

「もう二錠のんだけど、頭がふらふらするだけよ」

「ブランデーをちょっぴり飲むといいよ」ディッ

ク・リーズがそばに来て勧めてくれた。

キャスリンは首を横に振った。「大丈夫です」

「しばらく横になるといい。靴を脱いで少し眠るんだ」大人たちがいなくなるとフィリップがそう言って、贅沢《ぜいたく》なシートに彼女を寝かせた。「目が覚めたら目的地に到着しているよ」

小型ジェット機が着陸したプリンセス・ジュリアナ空港は、オランダ領とフランス領に分かれる島のオランダ側に位置する。機外へ出てキャスリンが最初に感じたのは、体にじっとりとまとわりつくような熱気だった。青い空に椰子《やし》の並木、そして誇らしげにはためく無数の旗を彼女は感慨深く見あげた。家族の別荘があるこの島には何度も来ており、楽しい思い出がたくさんつまっている。

入国手続きは驚くほど簡単にすみ、ブレイクが借りてきたレンタカーにみんなで乗り込んで出発した。

「別荘はどこにあるの?」舗装道路に沿って立ち並ぶ赤い屋根の家々を見て、ヴィヴィアンが尋ねた。

「サンマルタンだ」ハンドルを握りながらブレイクが答えた。「島のフランス領地域のことで、ちなみにそっちは何もかもがフランス風なんだ。今走っているこちらはオランダ領で、比較的アメリカナイズされている」

「まぎらわしいのね」

「そうでもないのよ」モードが説明した。「すぐに慣れるわ。政治だけでなく話す言葉も違うけれど、どちらの人々も明るくて陽気なの。それに、マリゴにはおしゃれなショップがたくさんあるから、きっとあなたも気に入るわ。うちの別荘からもすぐよ」

「いいレストランもあるしね」フィリップがにやりとした。「最高のシーフードが味わえるよ」

「あなたはこの島の何が気に入っているの?」ヴィヴィアンがブレイクに尋ねた。

「ひっそりしていて静かなところだ」

「観光シーズンには無理な望みだけどね」フィリップが笑った。

「今は観光シーズンじゃなくてハリケーンシーズンだから静かよ」モードが言いながら、ぶるっと身を震わせた。「天候が崩れないといいけれど」

「天に祈ろう」ブレイクは小さく笑った。「みんながこの島にいるあいだに、ちょっと用事をすませにハイチまで行ってくる」

「どんな用事なの?」ヴィヴィアンが興味津々といった声で尋ねた。

ブレイクはわずらわしそうな目で彼女を見やった。

「秘密の愛人がいたりしてね」

ヴィヴィアンが恥じ入るのをキャスリンは初めて見た。色白の肌が鮮やかなピンクに染まっていく。

「あら、見て。牛よ!」ヴィヴィアンはわざとらしく叫んで、山々のあいだに広がる緑豊かな草原に見とれるふりをした。

ブレイクは含み笑いをすると、道路をひたと見つめてオランダ側からフランス側へと車を進めた。

でこぼこ道で車がはずみ、モードの体が跳ねあがった。「サンマルタンに入ったことが、いつもこれでわかるわ。こっちの道路はひどいんだから!」

「故郷を思いだすね」フィリップがからかうように言って、キャスリンにウインクした。

「あら、地元の道路はちゃんと整備されていますよ、フィリップ。郡の委員会と優秀な道路管理局のおかげでね。覚えておきなさい。わたしの後押しがあったから、ジェフ・ブラウンは州の高速道路局役員に就任できたのよ。彼はしっかりと仕事をしてくれたわ」

「どうかお許しを。あなたさまのお名前をけがすつもりなど、毛頭……」

「もう、黙りなさい」モードがあきれ顔で次男をたしなめた。「ヴィヴィアン、ここがマリゴよ」数隻の漁船が点在するマリゴ湾をモードは手で示した。海岸に沿って赤い屋根の家やホテルが立ち並んでいる。数分後、そのうちの一軒の正面で車が停止したとき、キャスリンは子どもっぽい興奮が全身を満たすのを感じた。これが別荘のメゾン・べー。ビーチハウスという意味だ。優雅な錬鉄製のバルコニーや渡り廊下、長い窓のある白い石造りの建物を、彼女の目は愛《いと》しげになぞった。伝統にのっとって屋根は赤く塗られ、木の扉には模様が彫られている。

「ここがそうなの？」ヴィヴィアンが尋ねた。優美な外観の家と、椰子やブーゲンビリアや浜辺ブドウの先に見える美しい砂浜に彼女も目を奪われている。

「ああ」ブレイクは車のエンジンを切った。「このメゾン・べーは、父が子どものころにわが家の所有になって、今は二代目の管理人が住み込みで世話をしてくれている。元船長のルジェとその奥さんだ」

「すごくすてき」ヴィヴィアンは興奮ぎみだ。

フィリップと並んで家に入ったキャスリンは、ひんやりした空気に包まれた。長身痩躯《そうく》で白髪のルジェが一行を出迎え、フランス語で歓迎の挨拶をした。ブレイクは流暢《りゅうちょう》なフランス語で答えたが、キャスリンはその意味を理解するのに苦労した。島のこちら側がこれほどまでにフランス一色に染まっていることをすっかり忘れていたのだ。キャスリンはフランス語が苦手で、何か言おうとしてはいつもブレイクに笑われていた。彼女は横目でブレイクを見ながら、またあんなふうに楽しく笑ってくれることはあるのだろうかとぼんやり思いをめぐらせた。

無防備なその表情に目をとめたフィリップは、ブレイクが気づく前に彼女をその場から遠ざけた。キャスリンは感謝の笑みを浮かべて広い居間をあとにし、自分の部屋へ向かった。早くも旅が終わるのが待ち遠しかった。

午後、ヴィヴィアンはブレイクを説き伏せてマリゴへショッピングに出かけた。モードとディック・リーズは日ざしが強すぎると言って、ルジェが用意してくれた冷えた赤ワインをおともにバルコニーでのんびり過ごしている。気分のすぐれないキャスリンはベッドで休んでいた。飛行機酔いによる胸のむかつきが治まっていないところへむっとする熱帯の空気を浴びたせいか、起きる気力がわいてこなかった。夜になり、ふと気づくとモードがやさしく体を揺すっていた。

「ねえ、みんなでマリゴへシーフードを食べに行くんだけど、あなたもどう?」

キャスリンが体を起こしてみると、驚いたことに吐き気や倦怠感《けんたいかん》はきれいさっぱり消えていた。「もちろん行くわ」笑顔で答えた。「着替えをするから少しだけ待って」

「なぜその服じゃいけないんだ?」ドアのところからブレイクが声をかけてきた。キャスリンの華奢《きゃしゃ》な体を黒い瞳でなめるように見つめる。寝ているあいだに膝の上までまくれたワンピースの裾を、キャスリンはすばやく直して立ちあがった。

「べつに……これでもいいわ。行き先が高級レストランでなければ」

「堅苦しい店ではないよ、キャスリン」ブレイクが部屋に入ってきた。「まだ気分が悪いのか?」やさしく尋ねる。

思いやりのあるその声にキャスリンは涙ぐみそうになり、あわてて後ろを向いてヘアブラシを手にとった。「いいえ。もう大丈夫。でも髪にブラシをかけないと」

「早くしてね。もう何日も絶食しているみたいな気分よ」モードが軽口を叩《たた》いて出ていった。

ブレイクもいっしょに出ていくものと思い、キャスリンはうなずいた。ところが彼は出ていかず、静かにドアを閉めた。それを見たキャスリンの心臓が早鐘を打ちだした。鏡に映った彼を凝視する。

鏡のなかで彼女と目を合わせたまま、ブレイクがキャスリンの背後に歩み寄ってきた。大柄な体が発する熱が感じられるほど近くに。赤と白のシルクシャツの襟もとから、褐色の肌がのぞいている。たくましい腿を包むスラックスは白だ。キャスリンはその姿から目が離せなくなった。

「無理に出かけなくてもいいんだよ」静かな声で彼が言った。「なんならぼくも残る」

深みのある声に込められた思いやりは、状況が違えば至福の喜びをもたらしたことだろう。だがこれは大人が子どもに示す気づかいであり、男が恋人に見せるやさしさとは違う。

「飛行機には昔から弱かったでしょう。でも、もうすっかり元気になったわ」

「本当に？　なんだか元気がないよ」

「長い一週間だったから」

ブレイクがうなずいて、彼女の長い髪から肩に視線を移動させた。大きな手をウエストに近づけ、体のしなやかさを確かめるように、薄いワンピースの上からそっと触れる。

「みんなにとって、いい骨休めになるわ」キャスリンはぎこちない笑い声をあげた。触れられているせいで胸の鼓動が速まっている。

「そうだね」ブレイクがゆっくりとキャスリンを引き寄せ、硬い筋肉に包まれた体に押しつけた。頭の後ろに彼の息づかいが感じられる。「震えているよ」けだるげな声で彼がささやいた。

キャスリンは目を閉じた。無意識のうちに彼の手に自分の手を重ねていた。「わかっているわ」

彼の指に痛いほど力がこもった。「ケイト……」

それ以上キャスリンはこらえきれなくなった。頭を後ろに倒してブレイクの広い胸に押しつけ、全身の力を抜く。鏡のなかで、浅黒い大きな手がゆっくりと持ちあがり、ワンピースの上から左右の乳房をすっぽりとくるむのが見えた。キャスリンはなすすべもなく彼の抱擁に身をゆだね、力強い腿が脚の後ろに押しつけられるのを感じていた。

ブレイクの黒い目が鏡に映るキャスリンの反応を注視している。紅潮した頬を彼女の頭のてっぺんに押しあてて しなやかな黒髪をかき乱しながら、胸にあてた指をなまめかしく動かす。自分の目で見ているせいで、その動きはなおさらエロティックに思えた。

キャスリンは彼の手に自分の手を重ねて胸のふくらみに押しつけた。苦しいほどに鼓動が激しくなっている。

ブレイクの顔が近づき、熱い唇をキャスリンのうなじに這《は》わせた。肩へと続くなだらかなカーブを舌がそっとなぞっていく。

「花の香りがするね」ブレイクがささやいた。彼は両手を深い襟ぐりの内側に差し入れて、張りのある乳房をじかに手のひらで包んだ。

キャスリンはせつなげにうめいて唇を噛《か》みしめた。そうでもしていないと厚い石壁を突き抜けて声がもれてしまう気がした。

「みんなが留守だったら、今すぐそこのベッドに移動しているところだ。きみはぼくの腕に歯を立てて、無数のうめき声をこらえることになる」両手で彼女の体に魔法をかけながら、ブレイクは官能を刺激する声でささやいた。「ぼくの背中に爪を立てて、もっと触れてくれとせがむんだ」

「ブレイク……」キャスリンはあえいだ。興奮のあまり声がかすれて最後まで言えなかった。

すばやく体を回転させて彼の首にかじりつき、せがむように唇を開く。

「キスして。ブレイク、ねえブレイク、めちゃくちゃにキスして」

「めちゃくちゃに?」かすれた声でつぶやきながらブレイクが顔を寄せた。唇を重ね、気持ちをあおるように軽く噛んでから開かせる。「こうかい?」

「そうじゃなくて」爪先立ちになったキャスリンは、緑の目に底知れぬ欲望をたたえて彼の頭を引き寄せた。その口にいきなり舌を入れたと思うと、からかうようにさっと引き抜く。「こうよ……」

荒々しく唇を重ねたブレイクが、舌の先で彼女の唇の輪郭をなぞり、温かく暗い口のなかへ侵入した。全身がくまなく密着するほど強く体を引き寄せる。

「わたしが……ほしい?」キャスリンはささやいた。

「もちろんだ。つまらない質問はやめてもっと近づいてくれ、ケイト。体をこすりつけるように動かしてごらん」

キャスリンは背伸びして体を押しつけた。「こんなふうに?」震える声で尋ねる。

ブレイクが彼女の唇を噛んだ。「もっと強く。もっとしっかりきみを感じたい」

刺激するような動きをくり返すと、彼のたくましい体に小さな震えが走るのがわかった。「気に入った?」自分のものではないような大人びた声でキャスリンは問いかけた。

「どんなに気に入ったか見せてあげよう」ブレイクが彼女を抱きあげ、緑の目を見つめながら壁際に置かれたマホガニーの四柱式ベッドへ歩み寄った。

キャスリンはブレイクの首に腕をまわし、急にやさしいタッチに変化した彼のキスにお返しをした。唇やまぶたや眉や頬をかすめる慎み深い口づけとはうらはらに、伝わってくる胸の鼓動や激しい息づかいは、彼の内心の興奮をうかがわせた。

「わたしを抱くの?」相手が望むならすべてを喜んで差しだす覚悟で、キャスリンはそっと訊いた。

「抱いてほしいか？」ブレイクもささやき声で返した。「怖い？」

「あなたを怖がるなんてありえない」キャスリンはうわずった声で答えた。「わたし……」胸の内を明かし、どんなに彼を愛しているか告白しようとしたそのとき、ドアを激しく叩く音が響いて、ブレイクの体がびくんと動いた。

ヴィヴィアンがいらだった声で呼びかけてきた。「ブレイク、そこにいるの？　みんな飢え死に寸前よ！」

「やれやれ、こっちもだよ」ブレイクが小さくつぶやいた。キャスリンの体を起こして床に立たせる彼の目は、満たされずに終わった欲望でぎらついていた。

キャスリンはふらふらと彼から離れた。心臓が狂ったように打ち、吐く息は不規則な小さなあえぎと化している。彼女が鏡の前へ戻って腫れた唇に口紅を塗りなおしているあいだに、ブレイクが呼吸を整えてドアをあけに行った。

「ねえ、おなかがぺこぺこなんだけど」ヴィヴィアンは笑顔で文句を言いながら、その鷹《たか》のような目でブレイクの唇のかすかな腫れや髪の乱れをとらえていた。「かわいいケイトとのおしゃべりもすんだようだし、もうお食事に行ける？」

「わたしもおなかがすいたわ」キャスリンはブレイクと目を合わせないようにして彼の横をすり抜けると、ヴィヴィアンのほうにこわばった笑みを向け、走るようにして部屋を出た。ブレイクにあんなまねを許すなんて、いったい何を考えていたのだろう。取り返しのつかないことをしてしまった。喉から手が出るほど彼を欲していることを知られた以上、相手はそれに乗じて大胆な行動に出かねない。フィリップの言ったとおりだ。いったん理性を失うとブレイクは抑えがきかなくなる。もしそうなれば、彼は紳士だから責任を取って結婚はするだろう。だが、そんな形でブレイクを手に入れたくはなかった。ほしいのは彼の愛であって、義務感からの結婚ではない。いったいどうすればいいのだろう。

みんなで出かけたフレンチレストランは、キャスリンも何度か来たことのあるこぢんまりした店だった。マルティニーク島出身のオーナー夫妻が供するロブスターのスフレやクレープのフランベはどこの店よりも美味だ。運ばれてきた料理を目にしたとたんキャスリンは食欲が戻り、隣の席についたフィリップとの気軽なおしゃべりが会食の時間をより楽しいものにしてくれた。

食事中、ブレイクが向けてくる刺すような視線には気づかないふりをしつづけ、帰宅後はおやすみの挨拶をするなりベッドへ直行した。

その晩の張りつめた空気は二日後まであとを引いた。けっして目を合わせようとしないキャスリンにブレイクは不機嫌な表情を崩さず、ふたりの仲をとりなそうとするフィリップの努力も兄の反感をあおるばかりだった。ブレイクは昼間は別荘に寄りつかず、近くのサバ島や、ステイシャという別名を持つシント・ユースタティウス島へのクルーズにヴィヴィアンを連れだした。しかし夜は出かけずに、ディック・リーズを相手に労働組合の問題を話し合うことが多かった。人けのない二階の廊下でキャスリンがブレイクと鉢合わせしたのは、彼がいつ果てるともしれないそんな話し合いを終えたあとのことだ。

着替えのために部屋へ戻ろうとしていたキャスリンは、ブレイクに険悪な目でにらまれて立ちすくんだ。

「まだぼくから逃げているのか」とげのある口調でブレイクが詰問した。

「逃げてなんかいないわ」

「よく言うな。ぼくと顔を合わせずにすむなら、どこにでも隠れるくせに。いったい何を考えているんだ、キャスリン？　ぼくが手を出さずにいられないほど自分が魅力的だとでも思ってるのか？」

「まさか、とんでもない！」

「それなら、なぜそこまでしてぼくを避ける？」

キャスリンは深呼吸して気持ちを落ち着かせた。

「フィリップとふたりで忙しくしていたから。ただそれだけよ」

ブレイクの顔がこわばった。冷酷な笑みが口の端に浮かぶ。「忙しくしていた？　そうか。とうとうあっちの美酒を味わうことに決めたのか。それは何よりだ。きみはぼくにはねんねすぎる。赤ん坊のおもりはこっちだって願い下げだ」

そう言うなり、キャスリンをその場に残したまま歩み去った。

さげすむようなブレイクの言葉は耐えがたく、軽蔑のまなざしには身震いがした。あまりのことにキャスリンは心のたががはずれたようになり、その晩レストランで白ワインを何度もお代わりした。普段の慎重さはどこへやら、心が麻痺《まひ》して痛みを感じなくなるまで飲みつづけた。明日の朝ハイチへ出発するとブレイクがみんなに告げたときも、ろくに聞いていなかった。キャスリンの心は遠くをさまよっていた。

「へべれけじゃないか」別荘へ戻るとフィリップが心配そうに言った。「ベッドで眠って酔いをさましたほうがいい」

キャスリンは呆《ほう》けたような顔で笑った。「眠くないわ」

「いいから部屋に引きあげろよ。またヴィヴィアンに笑われるような失敗をしでかす前にね。それから、今夜はブレイクを刺激するようなことをしないでくれよ。兄貴がきみの飲み過ぎを注意しなかったのは驚きだ。内心、苦々しく思っていたはずなのに」

「もう、うるさいことを言わないで」キャスリンは手で顔をあおいだ。「ああ、なんて暑いのかしら」

「嵐の前触れらしい。さあ、行った行った。眠れば頭がすっきりするよ」

キャスリンは肩をすくめ、ほかのみんなが家に入ってくる前に自分の部屋へ引きあげた。それを見てフィリップが安堵《あんど》のため息をついた。

9

ところがベッドに入っても暑さは増すばかりだった。蒸し暑い部屋にひとりでじっとしていると、忘れてしまいたい記憶がよみがえってくる。キャスリンの頭にはブレイクのとげとげしい言葉がしつこい蚊のようにまとわりついて離れなかった。〝きみはねんねすぎる〟という言葉が。

何度も寝返りを打ったが、やがて横になっているのが耐えられなくなった。とうとう起きあがって白いビキニに着替え、ビーチタオルを手に取った。どうせ眠れないなら、浜辺で涼んだほうがましだ。海水の冷たさを思い浮かべると気分がよくなった。

別荘のなかは暗いが、昔から何度も来ているので勝手はわかっている。キャスリンは明かりのない階段をすばやくおり、少しふらつきながら外へ出た。はだしで小石を踏みしめて歩いていくと、やがて地面が柔らかい砂地に変わり、浜辺には小さな泡のような波がゆったりと打ち寄せていた。風はなく、あたりには人っ子ひとりいない。鼻をつく潮のにおいと咲き乱れる花の香りがまじった空気を、キャスリンは胸いっぱいに吸い込んだ。

「こんなところで何をしている」近くの椰子《やし》の木陰から、叱りつけるような声が飛んできた。

月明かりのなかにブレイクが姿を現した。白いショートパンツに、この前と同じ赤と白のシルクシャツという姿だ。だが今夜はボタンをかけずに前をはだけている。

「返事はどうした」ほの暗い月明かりでも、小さな白いビキニをつけただけのほっそりした体を、彼の黒い目がなめるように見ているのがわかる。あまりに大胆な視線に、キャスリンはどぎまぎしてきた。

「泳ぎに来たのよ」意識して一語一語区切るように発音した。「暑くて眠れないから」

「本当に？」

キャスリンの視線はブレイクの引きしまった男らしい肉体をたどり、たくましい胸の上でしばしとどまった。逆三角形の体毛がウエストに近づくにつれて徐々に薄くなっている。高まる欲望のうねりに揺り動かされてキャスリンは無意識に唇を開き、いつの間にか触れられるほど彼に近づいていた。

「お願いよ、怒らないで」彼女はかすれた声で懇願した。広い胸に手を伸ばして褐色の肌にそっと触れると、手のひらの下で筋肉が硬く盛りあがった。

「やめろ」ブレイクが声を荒らげて、彼女の両手を乱暴につかんだ。

「なぜいけないの？　触れられるのが嫌い？　わたしはただのねんねなのに？」

キャスリンは挑発するようにブレイクの手のなかで指を動かした。さらに一歩近づいて体を預けると、彼の胸の鼓動が速まり、息づかいが荒くなるのがわかった。筋肉質の毛深い腿が自分の腿をこする感触は新鮮で、厚い胸板と柔肌が密着する感覚には感動のため息がもれた。

「ブレイク」キャスリンはせがむようにささやいた。大量に摂取したアルコールのせいで、気おくれや遠慮はきれいさっぱり吹き飛んだらしい。ブレイクのそばにいても不思議なほど緊張しなかった。それどころか、彼を求める思いがうねるようにわき起こり、たくましい肩や腕の筋肉に触れては、その温かさに酔いしれた。

唇を彼の厚い胸に押しあてて、素肌から立ちのぼるぴりっとしたコロンと石鹸《せっけん》の香りを胸の奥まで吸い込む。

ブレイクがはっとして、唐突にキャスリンのウエストをつかんだ。「やめろ、ケイト」険しい声で命じる。「このままではふたりとも後悔することになる。自分が何をしているか、きみはわかっていないんだ！」

キャスリンがなまめかしく体をこすりつけると、彼の喉の奥から低いうめき声がもれた。「ちゃんとわかっているわ」彼女は不満そうにつぶやいて、燃えるような彼の目を見つめた。「ねえ、ブレイク。わたしを抱いて！」

「公共の海岸でか？」かすれた声で言いつつ、ブレイクが身をかがめて唇を重ねた。

キャスリンが彼の首にかじりつくと、ブレイクの手が彼女の腿に伸び、体全体を持ちあげて全身を密着させた。筋肉がぐいと盛りあがるのを肌で感じて、キャスリンは思わずうめいた。ブレイクの指先に力がこもり、その全身に小さな震えが走る。彼女の背中にまわした腕を震わせながらブレイクは唇を重ね、夜のしじまのなかでむさぼるように口づけを深めた。

ふたりはハリケーンに翻弄される椰子の木のように揺れ、満たされない欲望に突き動かされて、たがいの体に手を伸ばした。ようやく目覚めた激しい欲求に身をゆだねて、キャスリンは彼のたっぷりした髪に指を差し入れて乱した。

ブレイクの指がビキニの紐《ひも》にかかるのがわかったが、そのあとは頭にもやがかかったようになり、気づいたときには裸の胸に彼の縮れた胸の毛が触れていた。めくるめくような快感に、キャスリンは思わず声をあげた。

「あの東屋《あずまや》で感じたのと同じだろう?」ブレイクが彼女の耳もとで荒い息を吐きながら、筋肉質の上半身を柔らかな乳房にこすりつけた。「きみと全身を隅から隅までぴったりと重ね合わせたい。浜辺に寝そべって、ふたりの体の違いを心ゆくまで実感させてやりたい」

長い指で腿を愛撫《あいぶ》され、ヒップを引き寄せられると、キャスリンの脚が震えだした。たくましい背中に爪を深く食い込ませながら、感きわまってすすり泣いた。

「ケイト、愛《いと》しい人」ブレイクが彼女の名前を呼びながら、濃厚なキスを何度もくり返した。耐えがたいほどの官能の高まりに突き動かされて、キャスリンは熱くほてった彼の体にしがみついた。

彼の口が喉に沿っておりていき、まだ誰も触れたことのない胸の頂を見つけた。熱く濡《ぬ》れた唇がそっと頂をかすめると、キャスリンは背中を弓なりにそらした。

「ブレイク」せつない声がもれたが、心のなかではこう言っていた。〝あなたを愛している。わたしの命よりもっと大切に思っている。あなたがヴィヴィアンと結婚して家庭を築き、わたしはひとりぼっちで老いることになっても、わたしはこの思い出を胸に生きていく……〟キャスリンは彼の髪に指をからめて、探るように動きつづけるその口をさらに引き寄せた。

「なんて柔らかいんだ」感慨深くつぶやくと、ブレイクが顔を起こしてまた唇を重ねた。「絹のようにしなやかで、ベルベットのようになめらかだ。ケイト、きみがほしい。きみに触れていないと苦しくなる。きみを抱きたい……」誰にも渡すものかと言うように激しく口づけ、左右の腕で体を包んで揺する。

白砂に打ち寄せるリズミカルな波音を聞きながら、キャスリンはワインより甘美な愉悦に酔いしれた。

「もうやめないと」ブレイクがうめくように言って唇を離し、彼女の顔を見つめた。苦しげなその目は欲望に黒ずみ、周囲の暗闇が明るく見えるほどだった。「ここできみを抱くわけにはいかない」

キャスリンは愛しげに彼の厚い胸をなで、ちくちくする感触と鍛えぬかれた筋肉の張りを堪能した。セクシーなその肉体のあらゆる部分に手を這《は》わせたかった。

「家に入ればいいわ」そっと言ってみた。

「ああ、そうすることもできる。だが明日の朝、腕のなかで目を覚ましたきみは、ぼくを憎むだろう。今みたいな甘い気持ちにはなれない。ケイト、すべてが変わってしまうんだよ！」

ブレイクがキャスリンの体を押しやり、ほんの一瞬、渇きに苦しむ人間が水を見るようなまなざしで引きしまった乳房に目をやった。それから腰をかがめてビキニトップを拾いあげると、彼女の手に押しつけて背を向けた。

「つけるんだ」強い調子で命じ、シャツのポケットに手を入れて煙草《たばこ》の箱とマッチを探る。「少し頭を冷やす時間が必要だ。ああ、ケイト、きみは自分が何をしたかわかっているのか？」ブレイクは煙草を取りだしながら、みずからを嘲笑するようにつぶやいた。

キャスリンは震える手でビキニをつけた。ブレイクが煙草に火をつけてひと息吸った瞬間、視界の隅でオレンジ色の小さな光が輝いた。

「ごめんなさい、ブレイク。わたし……そんなつもりじゃ……」

「いいんだ、ケイト。きみは飲みすぎたんだよ」彼はやさしい声になっていた。

キャスリンは目を閉じて、震えのおさまらない体を自分の腕でかき抱いた。「恥ずかしくてたまらないわ」

ブレイクが表情をこわばらせた。「恥ずかしいだって?」

キャスリンは顔をそむけた。「どうかしていたのよ。きっとそういう年ごろなのね。それとも、もう頭が鈍ってきているのかもしれない」

「あるいは単なる欲求不満か」ブレイクが低い声でぴしゃりと言った。「そうなのか、ケイト？　フィリップはきみの欲求に応えてくれないのか？」

あまりの言いぐさにキャスリンはさっと振り返り、当惑のまなざしでブレイクを見た。そこにあるのはこれまで見たことがないほど厳しい表情だった。

「なんですって?」

ブレイクがそっけなく笑った。「いつだってフィリップとつるんでいるくせに。だが、やつは淡泊だ。そのことにようやく気づいたんじゃないのか？　やつではきみの激しい欲望を満たすことができない。だから物足りなくなったんじゃないか?」

「そんな……フィルに対してそういう感情は持っていないわ」

「あいつの代役をぼくに期待するな。代用品として利用されるのは二度とお断りだ」

「そんなことしていないわ！」

ブレイクは彼女に背を向けた。「家へ戻って酔いをさませ」そう言うなり、シャツを脱ぎ捨てた。

キャスリンが見つめる前で、彼はずんずん歩いていきながら砂浜に煙草を投げ捨て、月明かりの海に飛び込んだ。

できるものなら、あとを追って本当の気持ちを伝えたかった。愛しているのはフィリップではなくあなたであり、ヴィヴィアンの立場になれるなら何を差しだしても惜しくないと。けれども、今みたいに不機嫌なブレイクが耳を貸してくれるはずがない。たとえ機嫌が直っても、もう二度と耳を貸してはもらえないだろう。ワインをがぶ飲みした自分をキャスリンは殴りたくなった。もう二度と敬意を払ってはもらえないだろうし、彼の愛を手にする可能性も消えたのだ。キャスリンはため息をついてビーチタオルを拾いあげた。タオルを引きずりながら、ふしくれだった浜辺ブドウの木立のわきを通ってとぼとぼと別荘へ戻る道すがら、花の香りを帯びた潮風の音がなまめかしいささやきに聞こえた。

翌朝、寝坊したキャスリンは、猛烈な頭痛とともに目覚めた。薬をのもうとベッドを出ると、激しい雨が窓ガラスに打ちつけていた。

階下へおりていったとき、居間にはフィリップの姿しかなかった。

「みんなはどこ?」キャスリンはずきずきする頭を押さえてソファに腰をおろし、目の前のテーブルに置かれたトレーから自分でコーヒーを注《つ》いだ。

「空港までブレイクを送っていったよ」彼女の様子をじっと観察しながらフィリップが答えた。「暴風雨警報が出ているのに、どうしても今日ハイチに飛ぶと兄貴が言い張るものだから。出かけたときはこんな土砂降りじゃなかったけどね。みんな、帰りにどこかへ寄って買い物をしているんじゃないかな」

横殴りに降る雨をキャスリンはぼんやりと眺めた。

「まだまだ降りそうね」そう言いながら、心では昨夜のできごとを思い返して泣きたい気分だった。なぜブレイクはこんな悪天候をついて出発したのだろう。自分のせいだろうか？　彼女がばかなまねをしたからブレイクは腹を立てて、この島から、そしてキャスリンから、どんな危険を冒してでも離れたくなったのだろうか。

「そうだね」フィリップがカップの縁ごしに彼女を見た。そして熱いコーヒーをひと口飲むと、大きな音をたててカップを置いた。「何があった？」

予期せぬ問いに、キャスリンはしばらく無言で相手の顔を見つめた。「えっ？」

「ゆうべ、何があった？」彼は同じ質問をくり返した。「今朝、階下《した》へおりてきたときのブレイクはむっつりして、朝食の席でもひと言も口をきかなかった。きみはどこかと尋ねたりはしなかったが、ずっと階段をちらちら見ていた。飢えた男がフルコースの豪華料理を待ち受けるような目で」

キャスリンの目に涙があふれ、頰を伝い落ちた。彼女はカップを置いて両手で顔をおおうと、堰《せき》が切れたように泣きだした。

フィリップが彼女の隣にすわってぎこちなく肩をさすった。「ケイト、兄貴に何をしたんだい？」

「わたし、酔っていたのよ」キャスリンは指の隙間からささやいた。「それに、彼にねんねだと言われて――」

「だから、そうじゃないことをわざわざ証明してみせたのか」フィリップがやさしくほほえんだ。

何か妙だと気づいたキャスリンは、涙に濡れた瞳で問いかけるように彼を見た。

「あそこは公共の海岸だよ、キャスリン・メアリー。それに、ゆうべは月が出ていた」

「うそ」キャスリンは真っ赤になって、また両手で顔をおおった。「あなたに見られていたのね」

「ぼくだけじゃない。ヴィヴィアンもだ。気をつけたほうがいいよ。彼女、すごい顔をして階段を駆けあがっていった」

キャスリンは生きた心地がしなかった。「ほかにも誰か……？」

フィリップが首を横に振った。「いや。母さんとディックは政治談議に花を咲かせていた。それで、ヴィヴィアンを誘ってポーチをぶらぶらしていたら……とんでもない場面を見てしまったというわけさ。驚いたのなんのって！」

キャスリンの顔はさらに赤くなった。「恥ずかしくて死にそう」悲痛な声でつぶやいた。「いっそ死んでしまいたいわ！」

「べつに恥じるようなことじゃないさ」フィリップがやさしく慰めた。「ひとりの女性にそれぐらい深く愛してもらえたら、ぼくならなんだって差しだすよ。ブレイクの気持ちについても、本当のところがわかったんじゃないか？」

「わたしをほしがっていることはわかったわ。それは前から知っていたの。でもそれだけじゃ足りないのよ、フィリップ」

「それだけだって、なぜわかるんだ？」フィリップが静かに言い、コーヒーテーブルを凝視した。「ブレイクは理解しにくい人間だよ。感情を表に出さないからね」

「今朝は顔を合わせる勇気がなかったわ。だって、あんなことをしてしまったのよ。ああ、フィリップ、もう二度とワインは飲まない。一滴だって口にしないわ」

「あきらめちゃいけないよ」

「フィリップ、あきらめるも何も、もともとわたしには何もないのよ」

「それはどうかな。ぼくにはそうは思えない」

モードが夕食の指示を与えにキッチンへ行き、デイックとフィリップがポーチで仕事の話をしているわずかのあいだ、キャスリンはヴィヴィアンとふたりきりになった。雨はようやくあがったが、風はいくぶん弱まった程度で、彼女はブレイクのことが心配でたまらなかった。帰宅は翌朝の予定だが、それでも不安は消えてくれない。

「ゆうべはずいぶんご機嫌だったじゃないの」しゅんとしているキャスリンを横目で見ながら、ヴィヴィアンが自分のためにシェリーを注いだ。

キャスリンは身を硬くした。「お酒には慣れていなくて」手のなかのコーヒーカップを見つめながら用心深く答える。

「かわいそうに、やりすぎだったわね」ヴィヴィアンが哀れむような目を向けてきた。「ブレイクはうんざりしていたわよ」

キャスリンは顔から火が出そうになった。「本当に?」

「見ていたわたしが言うんだから間違いないわ。ブレイクも気の毒に。あんなふうに身を投げだされたら打つ手がないわよね。どんな男だって……聖人ではいられない」彼女は鋭いまなざしで言い添えた。「わたしの立場から言わせてもらえば、はらわたが煮えくり返りそうよ。ブレイクとわたしがどういうことになっているか、前に話したわよね。婚約中の男性に体を差しだすようなみっともないまねは慎んでもらいたいわ」

コーヒーカップが床に落ちて砕けた。キャスリンは立ちあがって階段に向かって駆けだした。それ以上、ひと言も聞きたくなかった。

翌日、ブレイクは午前中には帰宅する予定だったが、ひとりで空港から戻ったフィリップは険しい表情をしていた。

「どうかした？　何があったの？」キャスリンは矢継ぎ早に問いかけた。
「兄貴が夜明けにハイチを発《た》ったのは間違いない」フィリップが重い口を開いた。「飛行計画書も提出されている。ところが離陸後、連絡が途切れたそうだ」彼はキャスリンの手を取って力づけるように握りしめた。「強風にあおられてプエルトリコ沿岸のどこかに墜落したものと当局は見ている」

10

キャスリンはいまだかつて経験したことのない大きな恐怖を味わっていた。あたりを落ち着かなく歩きまわっては、くよくよと考え込んですすり泣く。そんな様子を見かねてフィリップが空港での待機を決めると、喜びのあまり彼に抱きついた。少なくともこれでブレイクの安否をいち早く知ることができる。

空港はそれほど混雑してはいなかったが、長丁場にそなえて一行は隣接するモーテルのレストランで待機することにした。ヴィヴィアンもいちおう心配そうな顔をしてはいたものの、それでもフィリップに冗談を言ったり、レストラン内に興味津々の視線を走らせたりするのはやめなかった。モーテルには数人のヨーロッパ人が滞在中で、そのほとんどが男性だった。

キャスリンはほかの誰も目に入らず、自分の世界にこもっていた。ただうつむいて膝をじっと見つめながら、ブレイクのいない人生について考えまいとしていた。そんな状況はこれまで想像したことがなかった。ブレイクはいつだって向かうところ敵なしで、不死身の存在に思えた。心身ともに頑健で堂々としているから、彼も普通の人と同様に怪我《けが》もすれば命を落とすこともありうるという事実に考えが及ばなかったのだ。初めてその可能性に気づいて、血が凍りそうな恐怖に襲われた。

「じっとしていられないの」キャスリンはフィリップに耳打ちして席を立った。「駐機場に出ているわね」

「キャスリン、何時間待つことになるかわからないんだよ」フィリップはレストランの出口まで彼女といっしょに歩きながら、母親の様子をうかがった。モードはディック・リーズと話し込んでいるが、その顔には恐怖と疲労が色濃く浮きでていた。

「わかっているわ」キャスリンは弱々しい笑みを浮かべた。「でも、もし彼が戻ってきたら、いいえ、戻ってきたとき、誰かがそばで出迎えたほうがいいと思うの」

フィリップが彼女の肩をぎゅっとつかんだ。いつもより厳しい表情になっていた。「ケイト、戻ってくるとはかぎらないんだ。きみも現実を直視しないと。はっきりしているのは、兄貴の乗っていた飛行機が墜落したことだけだ。救助隊が捜索しているが、たとえ発見できたとしても生死は定かじゃない」

キャスリンは唇をきつく噛《か》んだ。顔をあげたとき、その目はうるんでいたが、口もとは強情そうに引き結ばれていた。「絶対に生きている。わたしにはわかるのよ、フィリップ」

「キャスリン……」

「もしブレイクが死んでいたら、わたしがこうやって息をしていると思う？」喉がつまってささやき声になった。「心臓が鼓動を続けていると思う？」

返す言葉を探しあぐねて、フィリップはつかの間、目を閉じた。

「外に出ているわね」キャスリンは静かに言うと、彼をその場に残して出ていった。

空は依然として灰色で、太陽は顔を見せない。キャスリンはターミナル前の駐機場を落ち着きなく歩きまわりながら、何か音がするたびに飛行機ではないかとびくっと身をこわばらせた。

数分後、心労でやつれた顔のモードが外へ出てきてキャスリンに加わった。「せめて何かわかればいいんだけど。生死の見込みだけでも」

「生きているわよ」キャスリンは断言した。

その顔を探るように見ていたモードの瞳に理解の光が灯《とも》った。「わたしの目は節穴だったようね。そうなんでしょう、キャスリン？」

キャスリンは頬を赤らめてうつむいた。「わたし……」

モードは安心させるように彼女の肩に腕をまわした。「なかへ入ってコーヒーでも飲みなさい。どこで待っていても同じよ」

「ブレイクが見つかった！」ターミナルの入口からフィリップが明るい声で叫んだ。「じきに救援機が到着する！」

「ああ、神さま、ありがとうございます」モードが祈りを込めてつぶやいた。

キャスリンははらはらと流れ落ちる涙を拭おうともしなかった。ブレイクは無事だった。生きていたのだ。ヴィヴィアンのために彼をあきらめなければならないとしても、もう二度と会えないとしても、この同じ地球上に彼が生きているとわかればそれでいい。ブレイクは生きていたのだ！

うれしいニュースを告げたあと、フィリップは建物のなかへ戻ったが、モードはその場に残り、身じろぎもせずに立ちつくしているキャスリンに寄り添っていた。数分が過ぎたころ、双発機の鈍いエンジン音が近づいてきた。なめらかに下降した救援機は、滑走路で一度軽くバウンドしたあと静かに着陸した。

そのすべてをキャスリンは涙に濡《ぬ》れた目で食い入るように見つめていた。やがて機体が静止し、エンジンが切られ、ハッチが開く。

開襟シャツ姿の大柄な男性が姿を現すと、その足が地面に触れるより先に、キャスリンは駆け寄っていた。

「ブレイク！」ターミナルから家族が出てくるのも忘れて、キャスリンは彼の名を絶叫した。白いサンドレスに包まれた脚を懸命に動かし、安全な避難所へ逃げ込む怯《おび》えた子どものように一目散に走った。

ブレイクが腕を広げてその体を抱きとめ、彼の広い胸に頬をこすりつけるようにして泣きじゃくるキャスリンを抱きしめた。

「ああ、ブレイク。飛行機が墜落したと聞いて、でもそれ以外何もわからなくて……もしだめだったら、わたしもいっしょに死んでいた！　わたしもあとを追いかけたわ」くぐもった声でくり返しながら、キャスリンは彼にしがみついた。

うっすらとひげの伸びた頬を彼女の額にこすりつけて、ブレイクはその体をひしと抱きしめた。「ぼくは無事だ。大丈夫だよ、ケイト」

キャスリンはほんの少しだけ体を引き、盛大に涙を流しながらブレイクを見あげた。不安と焦燥が、彼女の顔を急速に大人びたものにしていた。深いしわが刻まれたブレイクの顔も、いつもより老けて見えた。長いあいだ眠っていないらしく、目が充血している。キャスリンは愛《いと》しい人の顔をじっと見つめた。あふれる思いをその緑の瞳に込めて。

「愛してる」彼女はとぎれとぎれの声でささやいた。「ブレイク、あなたを心から愛しているわ」

ブレイクが凍りついたように立ちつくし、漆黒の目でキャスリンを見つめた。

思いのたけを率直に打ち明けた自分が恥ずかしくなって、キャスリンはあとずさりした。「ごめんなさい。懲りもせずにまた強引に迫ったりして。ヴィヴィアンから聞いたわ。昨日、あなたはうんざりしていたって」

「ヴィヴィアンが何を言ったって？」ブレイクの声はいつになくかすれていた。

「なんでもないわ。もういいのよ」キャスリンは無理に笑った。

「いいかどうかはぼくが決めることだ」普段の彼とはどこか違う声音でブレイクが言った。

意地の悪い目でキャスリンをちらりと見ながら、ヴィヴィアンが走ってきた。「ああ、ブレイク！心配したのよ！」芝居がかった声で叫び、背伸びをして濃厚なキスをする。「無事でよかったわ！」

モードとフィリップが歓迎のコーラスに加わった。モードは涙を浮かべている。

「危機一髪だったらしいね」フィリップが言った。

ブレイクはうなずいた。「九死に一生を得るとはこのことだ。二度とこんな思いはしたくない」

「飛行機はどうなったの？」モードが尋ねた。

「保険をかけておいて助かったよ。プエルトリコの熱帯雨林に墜落したんだ。大破はしなかったが翼がもげてしまった」

キャスリンは目を閉じてその光景を思い浮かべた。

「酒をおごるよ。一杯やれば人心地つく」

「今ほしいのは酒と熱い風呂、そしてベッドだな」

フィリップの誘いに応じたブレイクは、離れていこうとするキャスリンを横目で見た。

「わたし……荷造りをしないと」キャスリンはブレイクと目を合わさずにつぶやいた。

「荷造りだって？　なぜ」

「帰国するのよ」彼女はしっかりした口調で言うと、一瞬ブレイクの目を見つめてまたすぐにそらした。

「太陽と砂はもう見飽きたわ。楽園は苦手なの……蛇がつきものだから」

キャスリンは車に向かって歩きだした。「フィリップ、別荘まで送ってもらえる？」

「母さんに送ってもらうといい」意外にも彼はそう言った。「かまわないかな、母さん」

「ええ、もちろんよ」モードがキャスリンの腕をとった。「さあ、帰りましょう。ヴィヴィアン、ディック、あなた方も乗っていく？」

ふたりは兄弟とバーに行くほうを選んだ。モードは陰気に押し黙るキャスリンを車に乗せて別荘へ戻った。

「行かないで」荷造りのために二階へ行こうとするキャスリンを、モードが引きとめた。「せめて今日はやめて」

階段の下で振り向いたキャスリンの瞳は、深い悲しみゆえのきらめきを帯びていた。「もうここにはいられないわ。耐えられないのよ。帰国してアパートメントを探さないと。手遅れになる前に……」涙で声をとぎれさせながら、モードに背を向けて階段をのぼった。

荷造りをすませ、青いピンストライプのブラウスに白のスカートという旅行着に着替え終えたとき、部屋のドアがとつぜん開いてブレイクが入ってきた。

キャスリンはベッドの手前から目を丸くして彼を見た。疲労の色はいくぶん薄れているが、無精ひげが目立ち、睡眠不足が顔に出ている。

「準備は……ほぼ終わったわ」キャスリンは低い声でつぶやいて、紅潮した頬にかかる黒髪を手で払った。「あとはフィリップに送ってもらうだけよ」

ブレイクは閉じたドアに寄りかかって彼女を見た。白いシャツのボタンをなかほどまではずし、濃紺のズボンをはいている。豊かな髪は乱れ、瞳は探るような暗い光を帯びていた。

「リーズ家のふたりがここを発《た》つ」彼は淡々と言った。

「あら、そう」キャスリンは白いベッドカバーに視線を落とした。「いつ戻ってくるの?」

「戻ってこない。ぼくがハイチへ行ったのは契約書にサインするためだ。ロンドン工場の業務をポルトープランスに移すことに決めた」

「でも、ヴィヴィアンは……」

「キャスリン、ヴィヴィアンをここへ連れてきたのは、彼女が父親の参謀役をしているからだ。彼女にこちらの条件を認めさせることができれば、父親は彼女が説得してくれる。だがきみはその状況を完全に誤解していた。その責任はぼくにもある。誤解を招くようなふるまいをしていたから」

横目で彼の顔を見たキャスリンは、すぐに視線をそらした。「今さらどうでもいいことよ」

「本当にそうなのか」

「帰ったらアパートメントを探すわ」つんと顔をあげて、キャスリンは宣言した。「ひとりになりたいの」

ブレイクが探るような目を向けてきた。「ぼくを愛していると言ったじゃないか」

キャスリンは真っ赤になって、ベッドカバーの模様を指先でなぞった。「あれは……気が動転していたせいよ」

「気持ちを偽るのはもうよそう。きみはぼくを愛していると言った。それはどういう種類の愛情だ？　兄、つまり保護者としてか、それとも恋人としてか、どっちなんだ？」

「わたしを困らせないで！」

「きみこそ、この一年ずっとぼくを困らせてきたじゃないか」ブレイクの瞳は鬱積した思いでくすぶっていた。「最近のぼくは、きみと心を通じさせる方法を探しあぐねて悩みに悩んでいた」

キャスリンは茫然《ぼうぜん》として顔をあげた。「どういうことかわからないわ」

ブレイクが両手をポケットに突っ込んでドアにもたれた。すべてを見透かすような目でキャスリンの全身をなぞる。

「きみはいつだって何もわかっていない」

キャスリンは憔悴《しょうすい》した彼の表情に目をとめた。

「ブレイク、すごく疲れているみたいよ。しばらくベッドで眠ったら？」

「きみがいっしょでないかぎりお断りだ。目を覚ましたときに、きみがいなくなっていたら困る」頬を染めるキャスリンを見ながら、彼は続けた。「ドナヴァンが消えたと思ったら、こんどはフィリップだ。あいつはきみに近づけるのに、ぼくにはできない。そう考えると弟が憎らしかった。それなのに、単に体が目当てだときみは思ったのか？」

つぼみが花開くようにキャスリンの表情が変化した。背筋をぴんと伸ばし、息をつめて、荒々しい彼の告白に耳を澄ます。

「体が目当てだと！」目をぎらぎらさせ、奥歯を嚙みしめてブレイクがくり返した。「とんでもない。浜辺で過ごした晩も、自分はいったい誰の身代わりをしているのかと考えて頭がどうにかなりそうだった。いつもそうだ。キャスリン、きみはいつまで本心を隠しておくつもりなんだ？　帰国しても、また自分のなかに閉じこもるつもりか？」

キャスリンの目に涙が浮かんだ。「ブレイク」そっとささやく。

「ぼくは絶対に生きているとフィリップに言ったそうだね。なぜなら自分の心臓が鼓動を続けているからだと」奇妙にかすれた声でブレイクが言った。「一年以上前からぼくも同じ気持ちだった。自分がこうして息をしているかぎり、きみは無事だとわかる。なぜなら、きみのいない世界でぼくが生きていられるはずがないから」

キャスリンは涙でかすむ目で彼に駆け寄った。体を預けると、息ができないほど強く抱きしめられた。

「キスしてくれ」ブレイクが震える声でささやいて、彼女のふっくらした唇に唇を重ねた。「ケイト、心の底から愛している」絞りだすような声で言った。

荒々しく貪欲なキスをふたりは交わした。口づけがさらに濃厚で親密になるにつれて、キャスリンは全身の血液がドラムのようなリズムを刻みはじめるのを感じた。

やがてブレイクは彼女のなめらかな喉に唇を埋《うず》めた。自分の体を包むたくましい腕が震えているのを知って、キャスリンは胸を打たれた。

「あなたに嫌われていると思っていたのよ」愛し愛されていることを知った感動に浸りながら、キャスリンはささやいた。

「いったいなぜ？　浜辺でぼくを誘惑しようとしたからか？」

「誘惑なんてしていないわ」彼女は弱々しい声で抗議した。

「誘惑も同然だった。きみにはわからないだろうが」

「あなたを愛していたからよ。でも、あなたはわたしのものにはならない。そう思ったから、ひとつだけでも完璧な思い出がほしくて……」

「まさに完璧な思い出になったよ」ブレイクがやさ

しく言い、ほっそりした体を愛情を込めて抱きしめた。「あのときのきみの姿は一生忘れない。月明かりの下で、きみの肌はサテンのように輝いていた」

「ブレイクったら！」キャスリンは頬を染めた。

「恥ずかしがることはない。本当に美しかったよ、ケイト。あの瞬間のすべてが美しかった。これからきみに触れるたびに、あの光景がきっとよみがえる。ふたりが生きているかぎりずっと」

キャスリンは体を引いて彼の顔を見あげた。「そんなに長いあいだ？」

ブレイクは柔らかい光を放つ緑の瞳を見つめた。

「ああ、そうだ。ぼくと結婚してくれるかい？」

「ええ」

ブレイクが顔を近づけて唇でそっとキャスリンの唇をかすめた。約束を確かめるためのキスだった。

「きみが子ども好きだといいな」彼女の口に向かってささやく。

キャスリンはゆっくりとほほえんだ。「あなたは何人ほしいの？」

「来週結婚して、それから相談しよう」

「来週ですって！　ブレイク、それは無理よ。招待状を送らなきゃならないし、ドレスだって用意しないと！」

あふれる言葉をブレイクはキスで封じた。キャスリンは興奮でぼうっとなりながらも、彼の手がゆっくりと巧みに体を這《は》うのを感じてうめいた。

「来週だ」ブレイクがくり返した。

「来週ね」ささやき声で同意したキャスリンは、爪先立ちになって彼の顔を引き寄せた。

窓の外では夕日が大海原を赤く染め、数隻の漁船が岸辺でやさしく揺れていた。水平線を彩るオレンジ色と金色の渦は明日の青空を約束していた。

炎を消さないで
2014年10月5日発行

著　　者	ダイアナ・パーマー
訳　　者	皆川孝子（みながわ　たかこ）
発 行 人	立山昭彦
発 行 所	株式会社ハーレクイン 東京都千代田区外神田 3-16-8 電話 03-5295-8091（営業） 0570-008091（読者ｻｰﾋﾞｽ係）
印刷・製本	大日本印刷株式会社 東京都新宿区市谷加賀町 1-1-1
編集協力	株式会社ラパン

造本には十分注意しておりますが、乱丁（ページ順序の間違い）・落丁（本文の一部抜け落ち）がありました場合は、お取り替えいたします。ご面倒ですが、購入された書店名を明記の上、小社読者サービス係宛ご送付ください。送料小社負担にてお取り替えいたします。ただし、古書店で購入されたものについてはお取り替えできません。
®とTMがついているものはハーレクイン社の登録商標です。

この書籍の本文は環境対応型の植物油インクを使用して印刷しています。

ISBN978-4-596-51630-5 C0297

ジュリア・ジェイムズが描くギリシア人との愛なき結婚

従兄弟が事故で亡くなり、生きる気力を無くした祖父を心配していた名門一族出身のアナトール。ある日、従兄弟の子を妊娠したという女性からの手紙を見つけ…。

『ギリシア名家の遺産』

●ロマンス
R-3008
10月20日発売

作家競作8部作〈華麗なるシチリア〉、第6話

コレッティ家ののけ者だった内気なリアはアメリカ人御曹司ザックに惹かれ、純潔を捧げる。だが彼は何も言わずに去り、身ごもった彼女だけが残された。

リン・レイ・ハリス作
『蹂躙の口づけ』

●ロマンス
R-3010
10月20日発売

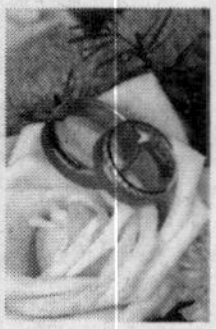

21歳乙女の年の差恋愛をリズ・フィールディングが描く!

リジーは父親の再婚相手の弟ノアを信用していなかった。しかし彼女が薄情な元恋人に傷つけられたとき、ノアはとっさに恋人のふりをして恥辱から救い出してくれ…。

『切ない婚前契約』

●イマージュ
I-2343
10月20日発売

フィオナ・ブランドの〈ギリシアの恋人〉第2話

家同士のスキャンダルのため、カーラはひっそりとルーカスとの関係を続けていたが、彼は突然カーラを遠ざけようとする。傷心のカーラはその真意を確かめようとして——。

『黒い瞳のジェラシー』

●ディザイア
D-1631
10月20日発売

マリーン・ラブレースの名門外交官との恋

ジャックの子を身ごもったジーナは、彼に好意は感じるが愛情は感じないと、一人で育てる決心をする。しかし彼は、そんな彼女に何度もプロポーズを繰り返し…。

『御曹子の傲慢なプロポーズ』
※『婚約指輪についた嘘』(D-1615)関連作

●ディザイア
D-1632
10月20日発売

きっかけは小さな命——絆ロマンス 連続刊行 第1弾

愛を恐れる彼女と愛を知らない彼。
そんな二人が無垢な天使に導かれ……。

ペニー・ジョーダン作
『ベビー・ウォーズ』(初版:R-788)

●プレゼンツ作家シリーズ別冊
PB-147
10月20日発売